영화 속 사랑과 인생 이야기

영화의 심장소리 Ⅱ

여는 글

마음 속 전구들이 환하게 켜지기를

『영화의 심장소리』 책을 내고나서 많은 변화가 생겼습니다. 이런 저런 곳에 좋은 영화를 소개하는 일을 하게 되고, 혼자 보던 영화를 많은 사람과 함께 보는 시간이 늘어났습니다. 부끄러움을 무릅쓰고 "나만의 다락에 넣어두었던 것들을 햇빛과 바람 속으로 내어 놓는다"고 했던 Ⅰ권의 고백이 이렇게 많은 열매를 맺을 줄 몰랐습니다. 기쁘고 감사할 뿐입니다.

캐나다 영화 〈앙리 앙리〉의 주인공 앙리는 전구 갈아 끼우는 일을 하면서도 "사람들에게 빛을 가져다주는 일"을 하고 있다고 말합니다. 자신의 일에 대한 사명감이야말로 행복한 삶의 지름길일 것입니다. 한 편의 영화가 이렇게 행복의 비결을 가르쳐주기도 합니다. 저도 앙리처럼 "빛을 가져다주는 일"을 하고 있다고 말할 수 있으면 좋겠습니다. 여기 실린 영화들이 보는 이의 마음 속 전구들을 환하게 켜줄 지도 모르니까요.

『시를 잊은 그대에게』를 썼던 정재찬 교수께서 "시란 아름다움과 사랑과 낭만"이라고 했는데, 저는 그분의 말을 빌려 '영화를 잊은 그대에게' 이 책을 드리고자 합니다. 영화란 "아름다움과 사랑과 낭만"입니다. 그리고 꿈입니다. 부디 영화를 잊지 않고 살기 바랍니다. 너나없이 힘들고 각박한 삶입니다. "영화나 한 편 볼까" 라는 가벼운 말이 '킬링 타임'만을 위한 것이 아니길 바랍니다. 영화를 보는 것이 쉼이 되고 회복이 되는 시간이길 바랍니다. 바라건대 영화를 함부로 보지 마세요. 마음이 정화되고 힘이 나게 하는 영화를 애써 찾아서 보시기 바랍니다. 아직은 아름다움과 꿈과 낭만을 포기하지 말았으면 좋겠습니다.

이 책에 실린 글들은 그간 〈현대모비스〉사보와 지역신문에 실렸던 것들이 대부분입니다. '힐링시네마'의 개념이었습니다. 보고나면 마음이 따뜻해지는 영화, 인생에 대해 생각하게 하는 영화들을 주로 소개하고 개인적인 감상들을 덧붙였습니다. 만일 보는 이의 마음 속 전구들이 반짝 켜진다면 그보다 더 기쁜 일이 없을 것입니다.

세상에 쉬운 일은 없겠지만, 글 쓰는 일도 갈수록 더 어렵게 여겨집니다. 바버라 애버크롬비가 쓴『작가의 시작』이란 책에서 "비결은 작가가 되는 것이 아니고 작가로 머물러 있는 것이다"라고 했습니다. 신춘문예에 갓 당선되었을 때의 기쁨을 기억하며, 작가로 머물러 있어 보려 합니다. 어설프나마 '창작의 고통'이란 말을 기꺼이 체험하면서 말입니다.

출판을 위해 여러 모로 애써주신 '따스한 이야기'의 김현태 대표님과 늘 응원을 아끼지 않는 사랑하는 가족들에게 고마움을 전합니다. 이 책을 손에 드신 분들과 여기 실린 영화를 찾아보는 모든 분들에게 힘나는 일이 많았으면 좋겠습니다.

2019년 1월 지산 자락에서

김은경

Picture ONE

모든 여행은 비밀 목적지가 있다

Picture TWO

영혼의 허기를 채울 시간

Picture THREE

삶은 때론 견디는 것

Picture FOUR

순간이 모여 인생이 된다

영화 속 사랑과 인생 이야기
영화의 심장소리
II
도심 한가운데서 맞닥뜨리는
프리허그처럼, 힘든 시기를 살아가는
이들에게 「영화가」 건네는 작은 위로

Picture

ONE

모든 여행은 비밀 목적지가 있다

시인 릴케는 사랑이란 '두 개의 고독이 서로를 방어하다가 서로를 접하고 인사하는 것'이라고 했다.

아프고 찬란했던 여름날의 사랑

'500일의 썸머'
마크 웹 감독.
2011(미국)

누군가 내게 물었다. 왜 그토록 영화를 많이 보느냐고. 나는 '외로움' 때문이라고 했다. 늘 바쁜 남편과 어느새 내 손을 떠난 아이들 뒤에 남겨졌을 때, 내 옆에는 영화가 있었다. 시간이 많아지자 혼자 영화를 보러 다녔다. 그러다 정말 좋은 영화를 만나면 친구들을 불러 모아 다시 보기도 했다. 〈500일의 썸머〉를 개봉관에서 보고 너무 좋아서 친구들을 불렀다. 친구들의 반응은 예상만큼 열광적인 것은 아니었다. 나는 이 영화를 왜 그렇게 좋아했을까? 우선은 주인공 톰이 순수 청년인 것이 좋았다. 영화의 음악이 좋았고, 화면이 예뻤으며, 쿨하고 예쁜 여주인공 썸머도 좋았다. 무엇보다 실연이라는 아픔을 통해 한 사람이 변화하고 성장하는 이야기이기 때문에 그렇게 좋아했던 것 같다.

〈500일의 썸머〉는 주인공 톰이 썸머를 만나고 헤어지는 500일간의 사랑 이야기다. 톰이 사랑한 여인의 이름이 썸머인 건 참 상징적이다. 봄처럼 설레는 마음으로 톰의 가슴에 다가온 그녀는 뜨겁고 찬란했던 여름날의 사랑을 남기고 떠나버린다. 썸머가 왜 자신을 떠났는지 톰은 끝내 알지 못한다. 썸머는 말한다. "그저 네 짝이 아니었던 거야"라고. 하지만 그 사랑은 두 사람 모두에게 흔적을 남긴다.

운명적인 사랑을 믿었던 톰은 더 이상 사랑을 믿지 못한다. 그러나 사랑을 믿지 않던 썸머는 톰과의 만남을 통해 운명적인 사랑이 있음을 믿게 된다. 영화의 프롤로그에 따르면 톰은 어릴 때 영화 〈졸업〉을 잘못 이해한 까닭에 특별하고 운명적인 사랑을 믿게 되었다는 것이고, 썸머는 부모님이 일찍 이혼한 탓에 사랑 따위는 믿지 않게 되었다는 것이다. 하지만 순수 청년 톰과의 만남으로 인해 썸머는 그런 사랑이 존재함을 믿게 되고, 마침내 운명처럼 만난 한 남자와 결혼을 결심하게 된다*(슬프게도 톰이 아닌)*. 둘의 만남과 이별은 이렇게 서로의 생각을 바꾸어놓게 된다.

사랑을 믿지 않던 썸머는 해피엔딩에 이르렀지만, 사랑의 운명을 믿던 톰이 더 이상 믿지 않게 된 것은 어떻게 해야 할까? 이별의 아픔으로 폐인처럼 지내던 톰은 어느 날, 모든 것을 훌훌 털고 일어난다. 새 출발을 결심한 톰은 자신이 정말 원하는 일을 하기로 마음먹고 새로운 직장에 면접을 보러 간다. 자신의 순서를 기다리던 아가씨와 몇 마디를 나눈다. 어쩐지 마음이 끌리고 대화가 통하는 아가씨다.

관계에서 늘 수동적이던 톰이었지만, 이젠 용기를 내어 묻는다. 여름날의 아픔이 그를 조금은 더 성장시켰기 때문이리라. "끝나고 차 한 잔 하실래요?" 잠깐 망설이더니 승낙하는 그녀의 이름은, 어텀(Autumn)이었다. 뜨겁고 아팠던 여름날이 지나고 이제 막, 가을이 시작된 것이었다. 그렇게 우연은 필연이 되고, 그 반짝이는 순간을 알아차리고 붙잡는 것은 오직 자신의 몫이다.

시인 릴케는 사랑이란 "두 개의 고독이 서로를 방어하다가 서로를 접하고 인사하는 것"이라고 했다. 사랑에 관한 가장 아름다운 정의의 하나일 것이다. 그러나 이렇게 아름다운 '사랑의 인사'도 때가 되면 변한다. 그러면 우리는, 영화 〈봄날은 간다〉의 저 유명한 대사처럼 "어떻게 사랑이 변하니?"라고 아프게 묻는다. 이 물음에 굳이 답을 하자면 "어떻게 사랑이 변하지 않겠니?"라고 해야 할 것이다. 계절이 변하듯 사랑도, 사람도 그렇게 변한다.

〈사랑의 유통기한은 3년〉이라는 제목의 영화도 있지만, 일반적으로 열정적인 사랑의 유효기간은 2년 정도라고 한다. 과학이 밝혀낸, 사랑에 빠지게 하는 호르몬의 유효기간이 그렇다는 것이다. 호르몬의 유효기간이 끝난 후 어떻게 할 것인지는 각자의 선택이 기다리고 있다. 그래서 "사랑은 강렬한 감정만이 아닌, 결의이고 판단이고 약속"이라고 한 에리히 프롬의 말은 여전히 우리를 각성시킨다.

이제는 아마 톰도, 썸머도 이 사실을 알았으리라. 강렬한 감정만이 사랑이 아닌 것을. 우리는 모두 한때, 톰이었고, 썸머였다. 인생의 뜨겁고 아픈 여름을 통과한 후, 조금은 더 현명해진 그들은, 아니 우리는 기꺼이 다음 계절을 살아갈 수 있는 것이다.

이것은 사랑에만 해당되는 것은 아닐 것이다. 힘들고 아팠던 인생의 모든 일들을 여름이라고 표현하면 어떨까? 이미 가버린 여름날을 아파하느라 내 옆에 와있는 가을의 소중함을 알아차리지 못할까, 우리는 다만 그것을 염려해야 할 것이다. 그러다 문득 지나간 여름의 아픔이 다시 떠오를 때, 이렇게 말할 수 있었으면 좋겠다. "그것은 내 인생에서 꼭 필요한 계절이었어" 라고.

'싱 스트리트'
존 카니 감독.
2016(아일랜드)

소년, 소녀를 만나다

조동진 노래를 좋아했다. 10대 시절, 즐겨 듣던 카세트테이프에서 흘러나오는 그의 노래를 들으며 아련한 슬픔에 빠지곤 했다. 특히 낮고 부드러운 음성으로 "작은 배가 있었네…" 라고 중얼거리듯 노래하는 목소리를 들으면 더욱 그랬다. 작은 배로는 멀리 갈 수 없다고 노래하는 느릿느릿한 그 음성은, 내 모습이 마치 거대한 바다 위를 떠도는 조각배 하나라고 일러주는 것 같았다.

음악 영화 〈원스〉와 〈비긴 어게인〉의 감독 존 카니의 〈싱 스트리트〉를 생각하면 거대한 바다 위에 작은 배를 타고 떠나는 마지막 장면부터 떠오른다. 비바람을 헤치며 미지의 세계를 향해 떠나는 소년과 소녀. 그 모습 위로 흐르는 음악, 애덤 리바인의 'Go Now'는 그 장면을 더욱 잊을 수 없도록 만든다. 애덤 리바인은 호소력 짙은 목소리로 "지금 가지 않으면 절대 못 가니까"라고 절절하게 노래한다.

영화의 주인공 소년 '코너'는, 툭하면 소리치며 다투기 일쑤인 이혼 직전의 부모와 산다. 기타를 치고 노래를 흥얼거리며 견뎌나가던 코너는 위기에 몰린 가정 경제로 전학까지 하게 된다. 그런 그가 한 소녀의 마음을 얻기 위해 친구들을 모아 밴드를 만든다. 밴드 이름은 '싱 스트리트', 음악 장르는 자칭 '미래파'다. 갓 전학 온 학교에서의 권위와 폭력 속에서 코너는 노래를 만들고 연주를 하며 자신을 찾고 성장해나간다. 그는 음악으로 폭력의 세계에 멋지게 복수를 하고, 영국으로 가는 것이 꿈이던 소녀 라피나와 함께 작은 배를 타고 떠난다.

영화는 감독의 어린 시절을 그렸다고 한다. 가정환경이나 밴드를 했던 경험 등을 녹여내었다. 영화를 보는 내내 듀란듀란을 비롯한 80년대 음악들의 향연으로 가득한데, 감독 자신이 10대 시절 좋아했던 음악들이다. 복고풍 의상들과 매력적인 음악, 그리고 풋풋한 소년, 소녀의 사랑이야기는 무척 재미있다. 특히 음악 속에서 자신을 찾고 성장해나가는 소년의 모습은 감동적이다. 음악도, 이야기도 흥미롭지만 역시 잊을 수 없는 건 거센 비바람 속에서 작은 배를 타고 가는 마지막 장면이다. 한 치 앞을 알 수 없는, 작은 조각배 하나에 의지한 채 나아가는 인생이 어찌 두렵지 않을까. 하지만 머물러 있는 대신 두려움 속에서 모험을 택한 소년, 소녀의 모습이 보는 이의 가슴을 뛰게 한다.

또 하나 기억에 남는 명대사가 있다. 코너가 자신을 괴롭히던 폭력

배에게 "넌 부술 줄만 알았지, 만들 줄은 모르잖아"라고 말하던 장면이다. 그건 마치 분기점 같았다. 여린 소년이 남자가 되는 길목으로 불쑥 들어서게 되는 순간 말이다. 자신의 이야기로 노랫말을 쓰고, 곡을 만들었기에 할 수 있는 말이었다. 그 말을 들은 폭력배는 신기하리만치 무력해져버린다.

올해 여름 하늘로 간 조동진도 노래를 만들던 사람이었다. 그가 만든 노랫말은 듣는 이들의 마음을 촉촉하게 했다. 그런 서정적인 노래를 만든 사람의 생애 역시 예상을 빗나가지 않았다. 후일담을 들어보면 그가 아는 많은 이들이 사랑할만한 사람이었다. 그의 누이는 그를 일컬어 '나무 같은 사람'이라 했다. 변함없는, 한결같은 사람이라는 거다. 노래는 그렇게 만드는 이의 모습을 닮아있는 것이다.

영화를 보고, 아주 오랜만에 조동진의 노래를 들었다. 날씨가 추웠다. 군고구마를 손에 들고, 눈이라도 내리면 더 좋겠다는 생각을 하며 '제비꽃'을 들었다. 마음이 따스해지고, 조금 슬퍼졌다. 영화 속 라피나의 대사처럼 '행복한 슬픔'이었다. 그리고 알았다. 그건 삶의 아름다움을 느낄 수 있는 마음이라는 걸. '제비꽃'의 노랫말처럼 "아주 한밤중에도 깨어있고 싶은", 그런 마음이었다.

이렇게 말하고 나니 알겠다. 이건 누군가가 빈정대듯 말하던 '소녀감성'이란 것을. 하지만 어쩌랴. 소년, 소녀의 감성이 아니고서 어찌 삶의 아름다움을 투명하게 느낄 수 있을까. 그 마음이 아니고 어찌 감히, 작디작은 배 하나로 거대한 바다를 항해할 생각을 하겠는가. 그러니 부디 이 마음을 잃지 말아야하겠다.

이제 코너와 라피나를 기다리고 있는 것은 무엇일까?

어른인 나는 한편으로 이들의 모험을 불안한 눈으로 지켜본다. 하지만 이것 하나는 기억해야한다. 인생은 선택의 연속이라는 것, 그리고 아무 것도 선택하지 않는 것 또한 선택이라는 것을. 후일 돌아보면 이 둘의 차이는 실로 어마어마하다는 것을.

'몬스터 콜'
후안 안토니아 바요나 감독,
2016(미국, 스페인)

이야기를 하는 것이 치유다

"인생을 살아간다는 건 끊임없이 쌓이는 먼지를 닦아내는 일"이란 말이 있다. 천명관의 소설 『고래』의 한 구절이다. 우리를 걱정, 근심으로 몰아가는 '인생의 먼지'들은 닦아내고 닦아내도 어느새 또 쌓여있다. 산다는 건 이런 먼지들과의 전쟁인지도 모른다. 우리는 날마다 걱정, 근심, 두려움, 혹은 죄책감을 비롯한 부정적인 생각들과 전쟁을 치른다. 대부분 패잔병처럼 질질 끌려 다니며, 한숨의 나날을 보내기 마련이다. 문제해결에 전혀 도움이 되지 않는 걸 알면서도 자신을 괴롭히는 이런 '마음의 먼지'들을 어쩌면 좋을까?

영화 〈몬스터 콜〉은 자신을 괴롭히는 생각에 갇혀 스스로가 얼마나 아프고 얼마나 힘겨운지조차 깨닫지 못하는 한 소년의 이야기다. 병든 엄마와 학교 폭력으로 인해 고통스런 시간을 보내는 열두 살 소년 '코너'는 상상 속에서 거대한 나무괴물 '몬스터'를 불러낸다. 코너를 찾아온 몬스터는 세 가지 이야기를 들려주며, 코너가 자신의 악몽을 스스로 이야기하도록 한다. 코너가 매일 밤 꾸는 악몽은 가슴 속 깊이 묻어둔, 차마 꺼낼 수 없었던 진실이다.

이야기를 다 들려준 몬스터는 코너에게 자신의 이야기를 하라고 한다. 악몽에 시달리던 코너는 "그것을 말하면 죽을 줄 알았다"던 이야기를 마침내 꺼낸다. 그리고 알게 된다. 그 이야기를 하면 죽을 줄 알았는데, 오히려 자신을 살린다는 것을.

영화를 보고 함께 소감을 나누는 모임이 있다. 〈몬스터 콜〉을 볼 때였다. 열 명 남짓 영화를 보고난 우리 모두는 눈가가 촉촉해졌다. 영화를 보는 모두의 마음 한 구석을 건드렸기 때문이었다. 좋은 영화를 함께 볼 때마다 느끼는 것은 예상보다 훨씬 울림이 크다는 것이고, 보고난 후의 느낌을 나누다보면 영화의 내용까지도 한결 더 풍성해진다는 것이다. 우리가 본 것 중 가장 폭발력 있는 영화가 바로 이 〈몬스터 콜〉이었다. 〈몬스터 콜〉은 인간이라면 누구나 가지고 있는 상처나 상실, 그리고 죄책감에 대해 말하는 영화다.

몬스터가 들려주는 이야기들은 동화의 형식을 띠지만, 결코 아동용이 아니다. 청소년 혹은 성인용 동화라 할 수 있다. 거기에는 선과 악이 분명하지 않다. 그리고 우리 인간들은 대개 그 중간 어디에 속해있다고, 인간이란 참으로 복잡한 존재라고 말한다. 이야기의 형식을 빌려, 흑백 논리로만 말할 수 없는 현실을 냉정하게 말한다. 판타지 형식을 빌려 결코 단순하게만 설명되지 않는 우리의 현실을 이야기하는 것이다.

코너를 괴롭히는 것 중 하나는 바로 죄책감이었다. 그는 아픈 엄마로 인해 왕따가 되어 학교 폭력에 시달리자, 엄마가 어떻든 이 상황이 빨리 끝나기만을 바랐다. 그런 이유로 꿈속에서 엄마의 손을 놓아버린 자신을 용서할 수 없었고, 끔찍한 죄책감에 시달려야 했다. 자신은 벌을 받아야 한다고 생각했다. 사랑하는 엄마가 낫기를 바라면서도, 한편으론 죽더라도 얼른 상황이 끝나기를 바라는 두 마음이 동시에 존재했던 것이다. 자신의 마음속에 든 이 '양가감정'을 털어놓은 코너는 비로소 평안을 얻고, 가슴 깊이 묻어둔 고백을 한다. 바로 사랑하는 엄마가 떠나지 않으면 좋겠다는 것. 양가감정 속에서도 그것이 진짜 마음이었고, 그렇게 세상을 떠나는 엄마와 코너는 이별 의식을 치른다. 몬스터는 코너에게 말한다.

"네가 무엇을 생각하느냐는 중요하지 않아. 중요한 건 네가 무엇을 하느냐다."

인간이란 양가감정에 시달릴 수밖에 없는 존재이고, 그런 자신을 너무 못견뎌하지 말라는 것, 그리고 무슨 생각을 했든 중요한 것은 행동이라고 말하며, 죄책감에 시달리는 우리를 위로한다. 그 말은 다시 뭔가를 새로 시작할 수 있는 용기를 갖게 한다.

이 영화를 보고난 후 유독 흐느끼는 한 사람이 있었다. 돌아가신 아버지가 생각나서이기도 하고, 자신의 오랜 병중에 그것을 견딘 아들의 마음을 헤아리지 못했기 때문이라고 했다. 영화를 보고, 이야기를 나누고 나니 위로가 되고 힘이 난다고 했다. 단지 말하는 것만으로도 힘이 난다니, 생각해보면 신기한 일이다. 자신의 이야기를 털어놓는 것은 이렇게 큰 힘을 발휘한다. 돌아서면 어느새 쌓여있는 마음의 먼지를 털어내기 위해서는 이야기를 하자. 물론 진심으로 들어주는 사람이 있을 경우에.

'일 포스티노'

마이클 래드포드 감독.

1994(이탈리아 외)

시인의 마음

아들이 어릴 때였다.

어디선가 솔방울 하나를 주워 와서 말했다.

"이건 어디에 써?"

그리고는 이어서 말하기를 "시 지을 때 써?" 라는 것이었다. 그냥 웃고 말았지만, 생각해보면 딱히 쓸 데가 없기는 솔방울이나 시나 마찬가지인 것 같다. 효용성에서 보자면 한 권의 시집이나 마른 솔방울이나 모두 땔감의 용도밖에는 없을 것이다. 하지만 영화 〈일 포스티노〉를 보면 한 편의 시가 사랑하는 사람을 쟁취하는 엄청난 힘을 발휘하는 걸 목격하게 된다.

이탈리아 영화 〈일 포스티노〉는 외국영화 최초로 아카데미 작품상 후보에 올랐고, 세계인이 가장 많이 본 유럽영화로도 유명하다. 영화는 가난한 우편배달부 마리오가 칠레에서 망명 온 시인 네루다를 만나면서 시의 세계에 눈을 뜨는 이야기이다. 네루다는 가난한 어부의 아들에게 시의 은유, 즉 '메타포'를 가르친다. 그러자 마리오는 묻는다.

"세상 모든 것이 메타포가 될 수 있나요?"

네루다는 시적 감수성이 넘치는 그의 말에 놀란다. 가진 것 없는 마리오는 아름다운 여인 '베아트리체'의 귀에 네루다의 시를 속삭여, 당당히 사랑을 얻어낸다.

오래전 보고나서, 내게는 잊을 수 없는 인생영화가 되어버린 이 영화를 최근에 다시 보게 되었다. 몇 번이나 다시 봐도 여전히 아름다운 바다와 음악에 젖어있는데, 함께 본 분이 말했다. 영화는 좋은데 끝이 너무 허망하다고 했다. 자아에 눈을 떠가던 마리오가 그렇게 느닷없이 죽어버리다니, 이해가 안 된다고 했다. 하지만 나는 그러기에 더 아름답고도 슬픈 한 편의 영화로 완성된 것이 아닐까 생각했다.

칠레 작가 안토니오 스카르메타나의 『네루다의 우편배달부』가 원작인 영화는 사실 소설과 많이 다르다. 소설에서는 아들이 자랄 때까지 살고, 글도 쓰며, 네루다와 편지도 주고받는다. 하지만 영화에서는 아들이 태어나기도 전에 마리오가 갑작스럽게 죽는다. 시가 뭔지도 몰랐던 시골뜨기 마리오는 네루다가 떠난 후 시를 쓰게 되고, 공산당 집회에서 자신이 쓴 시를 읽으려고 한다. 하지만 그는 끝내 자신의 시를 읽지 못하고, 무력에 의해 짓밟힌 채 죽음을 맞이한다. 아무도 읽어주지 않은 그의 시가 적힌 종이 한 장이 하늘에서 팔랑거리며 떨어진다. 지극히 영화다운 이미지로 마리오의 죽음을 알린다.

영화에서의 갑작스런 죽음은 그의 삶 자체를 한 편의 슬픈 시로 만들었다. 영화를 찍고 며칠이 지나지 않아 심장병으로 죽었다는 마리오 역의 배우 마시모 트로이시 역시 삶으로 시를 쓰고 떠났다. 어쩌면 주연배우의 건강 탓에 결론을 그렇게 만들었는지 모른다는 생각이 든다. 병색이 완연해 보이던 배우 마시모는 사후에 아카데미 남우주연상 후보에 오르기도 했다. 유작이 되어버린 이 영화에서 그는 착하고 순박한 마리오로 영원히 팬들의 마음에 살아있게 되었다.

마리오의 삶에서 보듯, 시는 사랑하는 여인의 귀에 속삭여 사랑을 얻어낼 수는 있지만, 무력 앞에서는 철저히 무기력할 수밖에 없다. 치열한 생존 경쟁사회에서도 마찬가지다. 이다지도 연약하고 쓸모없는 시를 어쩌면 좋을까. 시란 정말 무엇일까?

"사람들은 시를 읽어보지도 않고, 스스로 자기가 시를 싫어한다고 생각한다. 그러나 인간이면 그 누구나 다 시인이다."

시인이자 사상가인 에머슨의 말이다. 시란 어쩌면 우리가 끝내 간직해야하는 순수한 마음 한 조각을 일컫는 건지도 모른다.

영화에서 가장 아름다운 장면은 섬의 아름다움을 찾아 녹음하는 마리오의 모습일 것이다. 네루다에게 보내기 위해 섬의 파도소리와 바람소리를 녹음하고 밤하늘의 별과 뱃속 아들의 심장소리를 녹음하는 그의 모습, 아름다움을 볼 줄 아는 그 모습이 바로 시인의 마음이리라.

'이탈리아 횡단밴드'
로코 파팔레오 감독.
2010(이탈리아)

모든 여행은 비밀 목적지가 있다

이탈리아를 배경으로 하는 영화는 참으로 많다.

피렌체가 배경인 〈냉정과 열정 사이〉를 비롯해서 우디 알렌 감독의 〈로마 위드 러브〉, 베로나를 배경으로 옛 사랑을 찾아 떠나는 〈레터스 투 줄리엣〉 등등 주로 꿈과 낭만의 배경으로 등장하는 곳이 이탈리아다. 하지만 영화 〈이탈리아 횡단밴드〉는 우리에게 익숙한 로마도, 피렌체도, 베네치아도 아닌 '바실리카타'를 여행하는 음악영화다. 우리에겐 다소 생소한 바실리카타는 주연배우이자 감독인 로코 파팔레오의 고향으로, 이탈리아 남부 지역에 위치한 곳이다. 개발이 많이 되지 않아 천혜의 자연경관을 자랑하며, 최상급의 와인 생산지로도 알려져 있다. 영화는 남유럽 전체에서 7개월 동안 흥행 돌풍을 일으켰으며, 이탈리아에서도 각종 영화제에서 수상을 하며 신드롬을 일으켰다고 한다.

왕년에 잘 나가던 동네밴드였지만 지금은 일상에 찌든 중년의 아저씨가 된 네 명의 친구가 의기투합해서 음악 축제에 참가하기로 한다. 차로 한 시간 반이면 도착하는 거리를 열흘에 걸쳐 도보 여행을 하며, 머무는 곳마다 연주를 하겠다는 계획을 세운다. "인생은 짧다. 그러니 길게 만들자"고 외치며, 말과 수레를 끌고 유유자적한 여행을 떠나는 것이다. 영화 속 대사처럼 이 '시대착오의 연대기'에는 까칠하고, 매사에 심드렁한 여기자가 취재를 위해 동행한다.

이들은 함께 바실리카타를 횡단하는 동안 많은 일들을 겪으며, 각자 예상치 못했던 결과를 얻게 된다. 중년 아저씨들의 성장 영화라고 하면 될 것 같다. 〈마차 타고 고래고래〉라는 제목으로, 우리나라에서는 청춘 영화로 제작되기도 했다.

몇 년 전에 이 영화를 보고 참 매력적이라 여겼는데, 최근에 다시 볼 때는 느낌이 달랐다. 우선 영화가 좀 답답했다. 그리고 유유자적한 네 남자가 다소 한심하게까지 여겨졌다. 차로 한 두 시간 걸리는 거리를 뭣 하러 열흘 동안 간다는 말인가? 그 지나친 느긋함에 짜증내고 있는 나를 발견했다. 그리고 한참 뒤에 깨달았다. 최근 너무 바쁘게 '일에 치여' 지냈으며, 이런 나의 유능함(?)에 몹시 만족해하고 있었다는 것을.

영화를 보고나서 잠시 생각했다. 내게 주어진 이런저런 일들에 최선을 다하고 있지만, 이런 '일'이 나의 정체성인가? 물론 아니다. 모든 여행은 과정 자체가 목적이듯, 인생이라는 여정도 일뿐만 아니라, 모든 순간이 다 소중한 것이다. 그러고 보니 친구를 만나 수다를 떤 지도 너무 오래됐다. 오랜만에, 연락 온 친구의 부름에 응했다. 바쁘다며, 세 번이나 약속을 미뤘던 친구다. 친구와 나는 함께 밥을 먹고 차를 마시며, 그동안 힘들었던 얘기며, 즐거웠던 일들을 나누었다. 자주 불면의 밤을 보내는 요즘, 그 날은 비로소 잠을 푹 잤던 것 같다.

나에게 느긋함과 일상의 소중함을 다시 가르쳐준 이 영화의 끝은 이렇다. 네 명의 친구들은 결국 목적지였던 음악 축제에 참가하지 못한다. 축제가 끝난 후 한밤중에야 도착했기 때문이다. 이유는 '시골길이 거기가 거기 같아서 길을 잃어버렸기 때문'이다. 시작했을 때의 목적을 이루지 못한 것이다. 하지만 그들은 단 한 명의 관객 앞에서 음악을 연주한다. 그러자 그들은 비로소 알게 된다. 각자가 생각지도 못했던 목적을 이루었다는 것을. 우울증 때문에 의사의 꿈을 접었던 살바토레는 다시 공부를 계속할 이유를 발견하고, 사랑하는 여인의 죽음 이후 말을 잃었던 프랑코는 사랑을 찾고, 다시 말을 찾는다. 별 볼일 없는 단역배우이면서 스타 행세를 하던 로코는 허세를 버리고, 평범한 일상으로 돌아온다. 10년이 넘게 말로만 음악 축제에 참가하겠다던 니콜라는 비로소 뜻을 이루고 부인에게 인정을 받는다. 그리고 이들에게는 여전히, 아니 한결 깊어진 우정과 음악이 곁에 있다.

"모든 여행은 여행자가 인식하지 못하는 비밀 목적지를 가지고 있다."

마르틴 부버의 말이다. 인생이라는 여정에는 도착해서야 비로소 알게 되는 목적지가 있는 것이다. 시작할 때는 결코 알지 못했던, 자신의 계획과는 다른 곳에 문득 도착해 있는 것을 우리는 발견하게 된다. 음악 축제에 참가하기 위해 길을 떠났던 네 친구가, 떠날 때는 생각지도 못했던 다른 목적지가 그들을 기다리고 있던 것처럼. 그것은 길을 나서지 않았으면 결코 발견하지 못했을 '비밀 목적지'였다.

'내 어깨 위 고양이 밥'
로저 스포티스우드.
2016(영국)

인생이 주는 선물

여행을 좋아하는 딸에게 이끌려 영국 런던 여행을 한 적이 있다.

크리스마스를 눈앞에 둔 런던의 명소 '코벤트 가든'은 무척 아름다웠다. 광장에서 거리 공연을 하는 젊은이들의 모습과 음악 소리는 정말 영화의 한 장면이었다. 코벤트 가든은 오드리 헵번 주연의 뮤지컬 영화 〈마이 페어 레이디〉에서 주인공 일라이자가 꽃을 팔던 거리로도 유명한 곳이다.

딸과 나는 그곳을 어슬렁거리다 스타 요리사 '제이미'가 운영하는 식당에 들러, 비싸진 않지만 맛도 그저 그런 음식을 시켜놓고는 마냥 행복해했었다. 그 날 코벤트 가든에는 사람이 정말 많았다. 광장에는 끊임없이 뭔가 공연이 있었고, 사람들은 북적였다. 그 곳의 자유로운 분위기가 정말 좋았다.

힐링영화로 꽤 입소문이 났던 영화 〈내 어깨 위 고양이 밥〉의 첫 장면을 보자마자 그곳이 코벤트 가든이란 걸 대번에 알아차렸다. 그리고 영화를 보다보니, 마냥 아름답던 코베트 가든이 실은 얼마나 치열한 삶의 현장인가 하는 생각이 들었다. 그저 낭만적으로만 보이는 그곳이 거리예술가들에게는 생존의 현장이기도 한 것이다. 그날 벌어 그날 먹고 사는 이들. 예술은 낭만이나, 밥은 현실이다.

영화는 이 코벤트 가든에서 버스킹 공연을 하는 무명가수 제임스가 주인공이다. 제임스는 희망도 미래도 없다. 마약 중독 치료중인 홈리스다. 길거리에서 노래를 부르고 던져주는 돈으로 하루하루를 살아간다. 그에게는 부모의 이혼으로 인한 깊은 상처가 있다. 꿈도 희망도 없는 그에게 마지막 기회로 무상임대주택이 생기고, 창문으로 상처 입은 고양이 한 마리가 들어온다. 고양이 '밥'이다. 가진 돈을 털어 치료해준 제임스는 밥과 둘도 없는 친구가 되고, 서로 의지하는 신세가 된다. 흥미로운 건 고양이 밥과 함께 공연을 하자 사람들이 그를 주목하기 시작했다는 것이다. 사랑스런 고양이를 어깨에 올려놓은 채 노래를 하니, 수입도 훨씬 많아졌다. 제임스에게 고양이 밥은 선물처럼 찾아온 것이다.

무엇보다 재미있는 것은 이 영화가 실화라는 것이다. 그리고 실제 고양이 밥이 자신의 역할로 출연했다는 거다. 실제로 고양이 밥은 지나가는 이의 발걸음을 절로 멈추게 할 만큼 사랑스럽다. 우연히 만난 고양이 한 마리로 인해 삶이 달라진 제임스는 중독과 상처를 극복한다. 그 후 아버지와 만나는 장면은 감동적이다. 부끄러운 모습만 보여 죄송하다는 아들의 말에 아버지는 말한다. "한 번도 아들을 부끄러워 한 적이 없다"고. 단지 "스스로가 부끄러웠을 뿐이고, 어떻게 다가가야할지 몰랐기 때문"이라고.

고양이 밥이 준 선물은 이것뿐이 아니다. 제임스 자신의 이야기를 쓴 책이 베스트셀러가 되고, 그는 이제 과거 자신과 같은 처지의 노숙자를 돕는 일을 한다. 그것은 사랑과 소통이 이룬 기적이다. 제임스의 가슴 깊은 곳에서 언제나 다른 삶을 살고 싶다는 갈망이 이룬 기적일 것이다. 그렇게 가슴 깊은 곳의 갈망은 때와 장소를 제대로 만난다면 이루어지기 마련이다.

보고나면 마음이 참 따뜻해지는 영화다. 실화기에 더 그럴 것이다. 영화를 보고나면 문득 떠올리게 될지도 모른다. 어느 날 찾아온 고양이 밥처럼 지금껏 인생이 준 선물과 앞으로 올 선물들을. 쓸쓸한 날, 이런 영화를 찾아보고, 지금껏 내게 왔던 선물 같은 일들을 가만히 헤아려본다면 인생이 그래도 살만한 거라는 생각이 들게 된다. 물론, 그것은 선물이란 것을 알아차리는 이에게만 해당되는 것이다. 갑자기 찾아온 고양이 한 마리를 선물로 소중히 받아 안고 함께 걸어간 제임스처럼. 간절한 마음만 있으면 그렇게, 인생은 문득 생각지도 않았던 선물 하나를 안기는 것이다. 내가 이 영화가 좋다고 말하자, 함께 본 친구가 대꾸했다.

"내게도 고양이 밥처럼 선물로 온 존재가 있어. 우리 딸!"

친구의 천사 같은 늦둥이 딸은 다운증후군을 갖고 있다. 그 천사 덕분에 가족이 더 화목해졌단다. 그리고 마흔이 훌쩍 넘은 이 친구는 꿈이 더 많아졌고, 하고 싶은 일이 아주 많아졌다. 딸 덕분에 어느새 사회복지사라는 직업을 가지게 된 친구의 말이다. 선물은 그것이 선물인 줄 알아차리고, 소중히 받아 안은 자에게만 기쁨과 행복을 안긴다.

'라라랜드'
데이미언 셔젤 감독.
2016(미국)

꿈이 일상이 되는 순간

아이들이 어릴 때 시골에 살았다. 남편의 직장 때문이었다. 도시에서 자란 내가 논과 밭으로만 둘러싸인 곳에서 사는 것은 쉽지 않았다. 집 앞에 가게 하나 없는 곳에서 두 아이를 재우고 나면 책을 읽었다. 작가이자 교사인 남편의 서재엔 책이 많았다. 이른바 '전업주부'이던 나는 아이들을 키우며, 책을 읽고, 동시를 썼다.

두 번의 탈락 끝에 신춘문예 당선이 되었다. 당선 전화를 받은 날, '이제 지상에도 내 방이 하나 생겼구나' 했다. 어디에도 마음을 잘 붙이지 못하던 내게 든든한 안식처가 생긴 듯했다. 작은 꿈 하나가 이루어진 것이었다. 그 후 시로 등단하고, 영화 에세이를 쓴 책을 내고, 이런 저런 곳에 칼럼을 쓰고, 강의를 나가기까지 20년 가까운 시간이 필요했다. 세상에서 가장 행복한 일은 꿈이 일상이 되어있는 것일 텐데, 돌이켜보면 그렇게 꿈을 일상으로 살고 있는 나를 발견한다.

예고편을 보고는 너무 보고 싶어서 개봉일 아침에 달려가 봤던 영화 〈라라랜드〉. 이 영화는 꿈에서 시작해 꿈으로 끝나는 영화다. 또한 노래와 춤이 가득한, 마법 같은 일이 벌어지는 매혹적인 뮤지컬 영화다. 무엇보다 멋진 것은 연기파 배우 라이언 고슬링과 엠마 스톤이 직접 춤을 추고, 피아노를 치고, 노래를 한다는 것이다. 영화는 시작부터 끝까지 아름답고 환상적인 이미지들로 가득하다. 〈카사블랑카〉나 〈이유없는 반항〉을 비롯한 고전 영화에 대한 오마쥬도 풍성하다. 고전 뮤지컬의 향취로 가득한 이 영화는 관객들을 열광시키고, 수많은 상을 휩쓸며 서른을 갓 넘긴 감독, 데이미언 셔젤을 세계적인 스타로 만들었다.

'라라랜드'란 말은 영화, TV 산업의 고장 Los Angeles, 즉 할리우드를 가리킨다. 꿈의 나라, 환상을 상징할 때 쓰는 말이다. "헛된 꿈에서 벗어나라"는 말, "아직도 그런 허황된 꿈이나 꾸느냐"는 핀잔 섞인 말에 주로 쓰인다. 영화는 재즈 피아니스트, 그리고 배우지망생인 두 젊은이의 꿈과 사랑이야기다. 둘은 꿈의 세계인 '라라랜드'에서 산다. 주변인들이 보기엔 비현실적이고, 무능력하다. 재즈 피아니스트 '세바스찬'은 자신만의 음악을 고집하다 직장에서 해고된다. 배우 지망생인 '미아'는 카페 점원을 하며 오디션을 보지만, 번번이 떨어진다. 우연한 마주침, 그러나 운명적 만남으로 사랑에 빠지는 이들은 서로의 꿈을 격려하며, 꿈을 향해 조금씩 나아간다.

하지만 현실은 혹독하다. 가난한 청년들의 꿈은 현실에 짓밟히고, 이들의 사랑에도 위기가 닥친다. 각자의 꿈을 위해서 헤어질 수밖에 없을 때, 세바스찬은 미아에게 힘주어 말한다. "모든 걸 던져 꿈을 이뤄내라"고. 그리고는 "언제까지나 사랑할 것"이라고 말하며 둘은 자신의 길을 간다. 슬프고 아름다운 이별 장면이다. 그렇게 담담하게 이별한 둘은 세월이 흘러 우연히 다시 만나고, 꿈을 이룬 서로의 모습을 확인하며 눈물 머금은 미소를 짓는다. 자신의 꿈을 간직한 사람만이 그렇게 다른 이의 꿈을 응원할 수 있는 것이다.

돌아보면 나는 감히 작가를 꿈꾸지는 못했다. 그저 동경(憧憬)했을 뿐이었다. 작가의 아내나 되어야겠다고 마음먹기는 했다. 내 주제에 작가가 되지는 못할 것이니, 밤마다 글을 쓰는 남편에게 과일과 차를 내어오고, 격려하는 아내나 되어야겠다고. 그것도 꿈이었을까? 아무래도 현진건의 소설 『빈처』를 너무 열심히 읽은 탓이었다.

책읽기를 좋아해서 국문과에 들어갔지만 재미는 없었다. 연극반에 들어가 희곡을 쓰는 복학생인 남편을 만났다. 남편은 이런저런 책을 건넸고, 본의 아니게 나를 작가로 훈련시켰다. 그는 가난한 집안의 장남이었지만, 나는 개의치 않았다. 작가였으니까! 그렇게 작가의 아내라는 꿈(?)을 이루고 시골에 살게 되었는데, 지금 생각하면 오랫동안 우울증에 빠졌던 것 같다. 물론 꿈은 없었다. 그저 아이를 키우고, 시를 쓰고, 책을 읽었다. 남들은 알아차리지 못할 정도의 우울증과 무기력증에 빠져있었지만, 내 안의 깊은 동경만은 놓지 않았다. 참되고 소중한 것, 무엇보다 가치 있는 삶을 살고 싶다는 가장 깊은 갈망 말이다. 생각해보면 그 갈망의 뿌리는 너무 깊어서 십 년, 이십 년 뒤에야 비로소 싹이 나고 자라서 꽃을 피운 게 아닌가 싶다.

돌이켜보면 나는 꿈인지도 모르고 무언가를 갈망하며 꿈꾸었고, 작가가 되어 이젠 꿈이 일상이 된 삶을 살고 있다. 그러니 어쩌면 꿈은, 거창한 그 무엇이 아닌지도 모른다. 내 주변에 놓인 것을 최선을 다해 살다보면, 오랜 시간 뒤에 생각지도 못했던 일들이 하나하나 이루어져 있음을 발견하게 된다. 생각하면 참 가슴 뛰는 일이다.

"너의 꿈이 모래처럼 부서지지 않게 하라. 네가 너 자신일 수 있는 공간을 찾아라. 치유하는 관계를 추구하라."

작가이자 신부인 안셀름 그륀의 말이다. 그는 이어서 말하기를 "정형화된 습관의 궤도를 탈피하라. 동경의 심연으로 가라. 동경을 깨어있게 하라"며, 모든 것의 시작이 바로 동경이라고 한다. 그리움, 갈망으로도 표현될 수 있는 단어인 동경이야말로 모든 꿈의 시작점인 것이다.

〈라라랜드〉에서 세바스찬은 사랑하는 미아에게 말했다. "모든 걸 던져 꿈을 이뤄내라"고. 이 말이 모든 걸 버리고 하나만 잡으라고 한 것은 아닐 것이다. 하나의 꿈을 이뤘을 때, 그것 외에 아무 것도 없다면 우리는 금세 허망함에 젖을 것이다. 그가 말하는 '모든 것'이란 내가 할 수 있는 최선의 것, 치열함, 열정인 것이다. 그리고 그것은 멀리

있는 어떤 것이 아니라, 대수롭잖게 보이는 내 주변의 무엇을 향해서 일 수도 있다.

평범한 우리는 저 멀리에서 '라라랜드'를 찾을 수 없다. 내 안의 깊은 갈망을 안은 채, 하루하루 삶의 소중함을 놓치지 않고 살아갈 수 있을 뿐. 그러다보면 크고 작은 꿈들이 문득 다가와 악수를 청해올 날이 있을 것이다. 그럴 때 우리는 '모든 걸 던져' 그것을 이뤄내야 하리라.

자기만의 길

'코러스'
크리스토퍼 바라티에 감독.
2005(프랑스)

1895년 프랑스 파리의 한 카페에서 뤼미에르 형제가 〈열차의 도착〉이란 짤막한 영상을 상영한 이래 영화는 눈부신 발전을 이어왔다. 그때 사람들은 열차가 자기를 향해 돌진하는 줄 알고 놀라 뛰쳐나오는 소동이 벌어졌다고 한다. 지금 생각하면 어이없는 일이지만 움직이는 영상이 준 충격은 실로 대단했던 것이다. 백년이 조금 넘는 세월 동안 영화의 기술은 놀랍도록 발전했고, 최근 할리우드에는 배우 빼고는 다 CG라는 말이 있을 정도로 불가능한 표현이 없게 되었다.

이런 시대에 '우리는 영화를 왜 보는 걸까'라는 생각을 다시 한 번 해본다. 단지 재미나 오락을 위해서라면 대체가능한 것이 얼마든지 있다. 영화는 많고 많지만, 삶을 되돌아보게 하고, 에너지를 얻게 하는

'좋은 영화'는 드물다. 흥행작들을 보면 얄팍한 상술에 기댄 오락물이거나, 잔인하고 자극적인 것들이 대부분이다. '세상이 각박하고 삭막하기에 마음을 정화시켜주는 따뜻한 영화가 더 필요한 게 아닌가'라는 생각을 해본다. 그런 의미에서 보면 이 영화 〈코러스〉는 보고나면 마음이 행복해지는 '좋은 영화'라고 할 수 있다.

2차 대전 직후, 열악한 환경의 기숙학교에 "실패한 음악가"라고 자처하는 교사 마티유가 부임해온다. 말이 기숙학교지 최저 수준의 고아원이나 마찬가지인 곳에서 마티유는 자신의 처지에 꼭 어울리는 곳이라 여기며 자포자기의 심정으로 지낸다.

이곳은 오직 체벌과 훈육으로만 교육하는 곳이다. 그럼에도 통제되지 않는 아이들로 인해 끊임없이 문제가 생긴다. 그러던 어느 날, 마티유는 자신을 놀리는 아이들의 말에 곡조가 있는 것을 발견하고, 아이들을 위한 합창단을 조직하기로 한다. 다시는 작곡을 하지 않으리라 생각했지만, 아이들을 위해 곡을 쓰고 노래를 가르친다. 말썽꾸러기 소년들, 마음 둘 곳 없던 아이들은 함께 노래를 하며, 서서히 마음의 안정을 찾고 회복되어간다.

그 중 가장 말썽꾸러기이던 모항쥬에게서 탁월한 재능을 발견한다. 모항쥬가 솔로로 부르는 '오 밤이여'는 천상의 목소리를 연상시킨다. 마티유의 따뜻한 관심과 음악 덕분에 아이들은 마음의 안정과 활기를 찾게 된다. 하지만 뜻밖의 사건과 자신의 출세밖에 모르던 교장으로 인해 결국 마티유는 파면을 당하게 된다. 작별인사조차 못하고 떠나는 마티유를 향해 아이들이 종이비행기를 날리며, 그를 위해 노래하는 엔딩은 마치 영화 〈죽은 시인의 사회〉를 연상시킨다. 아이들이 "오, 캡틴, 마이 캡틴"을 외치며 책상 위로 올라가던 명장면 말이다. 사실 진심으로 아이들을 대하는 교사는 그렇게 아이들이 반드시 알아주는 법이다.

마티유가 재능을 발견한 덕에, 뒷날 유명 지휘자가 된 성인 모항쥬 역은 〈시네마 천국〉에서 토토의 성인 역을 맡은 자크 페렝이 나와 깊은 인상을 남긴다. 토요일마다 오지 않는 아빠를 기다리던 페피노 역의 귀여운 꼬마는 자크 페렝의 친아들이라는 사실이 재미있다.

영화의 마지막은 성인 모항쥬의 목소리로 "그 뒤에도 마티유 선생님은 아무런 명예도 없이 자신만의 길을 갔다"라는 해설이 흘러나온다. 누가 알아주던, 알아주지 않던 자신만의 길을 간다는 것, 이것은 참으로 중요한 인생의 시금석으로 들린다. 그런 사람은 어디에 있든 자신의 리듬으로 살 것이고, 마티유처럼 주변에도 유익을 끼칠 것이다. "자신만의 길을 갔지만, 그것이 자신만을 위한 것이었을까?"라는 대사가 표현해주듯이. 마티유는 떠나는 자신을 위해 노래를 불러주는 아이들에게서 크나큰 기쁨과 힘을 얻었고, 자신이 실패한 인생이 아님을 알았다. 그리고 그 힘으로 자신만의 길을 계속 걸어갈 수 있었다.

자신만의 길을 간다는 건 무엇일까? 아마도 그것은 자신이 생각하는 가치를 향해 뚜벅뚜벅 걸어가는 것일 거다. 다른 사람들과 비교하지 않고, 남들이 알아주지 않더라도 묵묵히 자신의 일을 하는 것. 냉정한 현실 속에서 넘어지고 좌절하는 순간이 반드시 오겠지만, 마티유처럼 자신이 실패한 인생이 아니었음을 확인하고 힘을 얻는 순간 역시 반드시 오게 될 것이다.

자신만의 길을 간다는 것. 새해가 되어 유독 생각나는 명제다.

'플립 Flipped'
로브 라이너 감독.
2010(미국)

사랑과 착각 사이

산책을 나섰다. 어디선가 꽃향기 같은 기분 좋은 냄새가 스쳤다. 봄 냄새인가 생각 하니 마음이 상쾌해지고 발걸음이 가벼워졌다. 어느새 우리 곁에 다가온 봄처럼, 보는 이를 행복하게 하는 영화 〈플립〉은 첫 사랑에 빠진 소년, 소녀의 성장담이다.

일곱 살 소녀 줄리는 맞은편에 이사 온 소년 브라이스를 보고 첫눈에 반한다. 그의 '그윽한 눈' 때문이었다. 브라이스가 수줍음 때문에 마음을 표현하지 못한다고 생각한 줄리는 적극적으로 브라이스에게 다가간다. 브라이스는 줄리에게 '첫 키스를 안겨줄 소년'인 것이다. 반대로 줄리의 착각과 구애가 귀찮고 부담스럽기만 한 브라이스는 줄리에게서 벗어날 궁리로 전전긍긍한다.

중학생이 되어도 이들의 관계 구도는 변함이 없는데, 어떤 사건으로 인해 줄리는 문득 브라이스가 '그윽한 눈'과 '예쁜 미소'만큼 실제로 괜찮은 소년인지를 의심하게 된다. 그리고 실망한 나머지 브라이스를 멀리하게 된다. 그런데 재미있게도 둘의 관계 구도에 반전이 일어난다. 이전과는 반대로 브라이스가 줄리를 좋아하게 된 것이다. 그저 평범하게만 보이던 줄리가 특별하게 보이고, 브라이스의 눈에는 줄리 밖에 보이지 않게 된다. 귀찮기만 하던 줄리가 실은 얼마나 멋진 소녀인지를 깨닫고 부터다.

소년, 소녀의 풋풋한 사랑 이야기를 담고 있는 〈플립〉은 탄산수처럼 상큼한 이야기지만, 마냥 가볍기만 한 것은 아니다. 예를 들어 화가인 줄리 아버지의 말이 그렇다. "항상 전체 풍경을 봐야 한단다. 그림은 단지 부분들이 합쳐진 게 아니란다"와 같은 말이다. 이 말을 들은 줄리는 세상을 새롭게 보는 눈을 가지게 되고, 브라이스가 정말 괜찮은 소년인지를 의심하게 된다. 그의 눈과 미소로 전체를 평가한 게 아닌가 하는 생각을 하게 되는 것이다. "부분의 합은 전체와 다르다"는 것은 '게슈탈트 심리학'의 이론이기도 한데, "사람은 누구나 자신이 보고 싶은 것만을 본다"라는 말과도 통한다 하겠다.

영화는 우리의 편견이 저지르는 잘못도 살짝 곁들인다. 브라이스 아버지의 시각으로 줄리의 가족은 한심한 집단이었다. 줄리 아버지는 자기 집 앞뜰조차 청소하지 않는 게으른 사람이었고, 줄리의 오빠들은 공부도 않고 밴드나 하는 한심한 패거리였다. 하지만 알고 보면 줄리 아버지는 장애인 동생을 사랑으로 최선을 다해 돌보는 훌륭한 사람이었고, 오빠들은 음악에 재능이 뛰어난 재주꾼들이었다. 브라이스 아버지의 편협한 시각으로는 이들의 훌륭한 면을 보지 못했던 것이다. 편견이란 우리가 일상에서 자주 마주치게 되는 인간의 일면이다.

〈해리가 샐리를 만났을 때〉의 로브 라이너 감독 영화로 웬들린 번드라닌의 소설이 원작이다. 감독의 아들이 좋아하는 성장소설을 영화로 만든 것이라고 한다. 2010에 만든 영화인데, 입소문을 타고 유명해져 2017년에 정식으로 국내 개봉된 것으로 알려져 있다. 영화 속 브라이스 할아버지의 대사가 아름답다. 할아버지는 함께 밤길을 걸으며 손자에게 말한다.

"밋밋한 사람도 있고, 반짝이는 사람도, 빛나는 사람도 있지. 하지만 가끔은 오색찬란한 사람을 만나. 그럴 땐 어떤 것과도 비교 못해."

우리가 사랑에 빠지는 순간은 그렇게 오색찬란하게 빛나는*(착각하는?)* 사람을 만날 때일 것이다. 일생에 단 한 번 그런 마법과 같은 일이 있으면 좋겠지만, 아무래도 영화 속 대사일 뿐인지도 모르겠다.

인간은 착각의 동물이다. 착각 때문에 실수를 저지르고, 때로는 그 착각으로 인해 사랑에 빠지기도 한다. 착각에서 벗어날 때 우리는 자책을 하고, 환멸을 느끼기도 한다. 하지만 우리를 사랑에 빠지게 하는 그 착각이 실은 고마운 것인지도 모른다. 처음부터 상대의 실상을 다

안다면 도대체 짝을 찾는다는 것 자체가 영영 불가능할 것이기 때문이다. 따지고 보면 나의 착각도 이유가 있는 것. 그 착각에 책임을 질 때 진정한 사랑이 시작되는 것이리라. 너도 나도, 이런저런 부분들이 모여 하나의 존재가 되는 것이니, 상대의 좋은 부분에 초점을 맞춘다면 사랑하기가 한결 쉬워질 듯하다.

다시 봄이다. 착각이든 뭐든 좋으니 만나는 사람들에게 조금은 더 점수를 주고 싶은, 기분 좋은 새봄이다.

다시, 심장소리를 듣다

'뚜르 드 프랑스 : 기적의 레이스'

로렌트 투엘 감독.

2014(프랑스)

자신의 인생을 열심히 사는 사람은 다른 이의 인생과 자신을 비교하거나, 혹은 질투할 틈이 없다. 오직 자신만의 경주를 힘을 다해 달릴 뿐이다. 누구나 자신만의 레이스가 있고, 그저 그 길을 달리면 되는 것이다.

2016년 여름은 몹시도 더웠다. 미칠 듯이 더웠던 여름 내내 나는 책의 막바지 작업에 매달렸다. 마지막 며칠은 밥도 먹지 않고 워드 작업에 매달렸다. 참으로 열정적인 여름이었다. 거짓말처럼 여름이 지나가고 가을이 오고, 제법 근사한 표지를 한 책이 떡하니 눈앞에 나타났다.

책을 내고나니 여러 가지 마음이 왔다가 사라지곤 했다. 주로 부끄러움과 자랑스러움이 번갈아 나타났다가는 모습을 감추곤 했다. 나는 사람들에게 내 책을 선물로 주었다. 책을 여러 권 사주며 축하를 몸소 행동으로 나타내 보이는 고마운 친구도 있었다. 그런데 나는 만나는 사람마다 눈치를 봤다. 그들이 책에 대해 뭐라도 말해주기를 마음 졸여 기다렸다. 하지만 대부분은 아무런 말이 없었다. 가끔씩은 감동적인 글이라며 긴 문자를 보내오기도 하고, 축하의 뜻으로 예쁜 꽃을 주는 이도 있었다.

하지만 나는 아무런 반응이 없는 이들 때문에 마음이 적잖이 서운했다. 특별히 좋아하거나 기대가 컸던 사람일 경우에는 서운함이 더 컸다. 그리고는 알게 됐다. 대부분의 사람들은 남의 일에 무심하다는 것을. 그리고 책을 내는 일은 철저히 나의 일인 것을.

몇몇 소중한 친구들의 진심어린 축하 속에서도 많은 이들의 무관심이 못내 서운했던 나는 책을 낸 지 보름 만에 기운이 쭉 빠지고 말았다. 그리고 약간의 우울함과 무기력에 다시 빠져있었다*(사람들은, 그래서 출판기념회를 하는 모양이었다)*. 그러기를 며칠, 어느 순간엔가 마음속에 천둥벼락 같은 목소리가 들렸다.

"더 외로워져!!"

사실 내가 영화를 보고, 글을 쓰고, 책을 낸 이유는 외로움 때문이었다. 그리고 책을 내고 나면 아마도 외로움이 사라질 줄로 내심 기대했던 모양이다. 내가 얼마나 감수성이 풍부하고, 예술적 소양이 넘치는 사람(?)인가를 사람들이 알아주고, 인정해주기를 바랐던 모양이다. 그렇다면 결국 타인에게 인정을 받기 위해 책을 낸 것이었다.

더 외로워지라는 내면의 목소리를 듣고 정신이 번쩍 든 나는, 사람들 주위에서 기웃거리기를 멈추고, 다시 혼자 있는 시간을 가졌다. 그리고 조금씩 영화를 보기 시작했다*(책을 내고나서는, 영화가 어쩐지 지겨워져서 보지 않았다)*. 메릴 스트립의 〈어바웃 리키〉를 봤고, 르네 젤위거의 좌충우돌 코미디 〈브리짓 존스의 베이비〉를 봤다. 재미있었다. 그리고 나름의 감동이 있는 영화들이었다. 그러다가 나는 사람들이 거의 보지 않는, 숨어있는 영화 하나를 찾아냈고, 거기에서 다시 '영화의 심장소리'를 들었다.

나에게 다시 심장이 뛰게 한 것은 프랑스 영화 〈뚜르 드 프랑스 : 기적의 레이스〉였다. 프랑스에서 열리는 권위 있는 사이클 대회가 소재인데, 3주 동안 프랑스 전역과 인접 국가를 일주하며, 개선문이 보이는 샹젤리제 거리가 결승점이다. 영화는 이 사이클 대회를 배경으로, 어린 시절 사이클 선수가 꿈이었지만, 현재는 사이클 회사에서 판매원으로 일하는 중년남자 프랑수아의 모험을 그린다. 부인이 떠나고, 해고를 당하고, 모든 것이 뒤엉켜 바닥인 것 같을 때 진짜 꿈이 시작되는 것은 인생의 아이러니다. 영화에서만 있는 일일까?

쟁쟁한 프로들이 치열한 경쟁을 벌이는 사이, 평범한 중년 남자 프랑수아는 아마추어로서 자신만의 경주를 펼친다. 자신만의 경주는 누구와도 경쟁할 필요가 없다. 오직 자신의 길을 묵묵히 가면 되는 것이다.

나는 프랑수아가 철저히 외로워지는 장면에서 가슴이 뛰었다. 누명을 쓰고, 모두가 비난을 하는 가운데서도 자신의 레이스를 멈추지 않고 끝까지 가는 모습이 아름다워 보였다. 자신만의 레이스에서 힘겹게 한 발 한 발 페달을 밟다보니, 어느새 인간적으로도 성숙해져있었던 것이다. 그렇게 자신의 길을 멈추지 않고 달리다보니, 다시 아들과 부인과 화해하게 되고, 소중한 것들을 되찾을 수 있었다.

그래서 나는 다시 외로워지기로 결심했다. 이 남자처럼 묵묵히 나만의 레이스를 펼치기로. 그러다보면 뭔가 소중한 것들을 더 발견하고 찾을 수 있을 것이다. 그러면 삶의 여기저기에서 살아 숨 쉬는 소리, '심장소리'를 다시 들을 수 있을 것이다.

'최악의 하루'
김종관 감독.
2016(한국)

행복이 찾아오면 의자를 주세요

시월 어느 날, 책을 내고나서 바쁜 것들이 조용해지자, 무료해진 나는 문득 옛날 살던 동네를 찾아갔다. 이사 온 지 15년만이었다. 힘들었지만, 소중한 추억들이 있는 곳, 마음 한 구석에 늘 그리움으로 남아있던 곳이다. 마침 지하철이 그곳까지 개통되었기에 찾은 것이다. 우리 아이들이 다니던 초등학교며, 학교 다니던 길과 다리, 개천이 그대로여서 추억에 젖을 수 있었다.

사실 동네 지하철역에 내리자마자, 맨 먼저 찾은 곳은 예전 다니던 교회였는데, 교회의 문턱은 생각보다 높았다. 나의 추억과 그리움의 양에 비해, 지나치리만치 사무적으로, 쌀쌀하게 대했던 것이다. 예전 그대로인 목사님은 내 이름을 말해도 잘 모르셨고*(15년만이니 당연하*

지만), 강의 준비한다며 만나주지도 않으셨다. 나의 책을 자랑스레(?) 보여주며, 옛일을 잠시라도 나누고, 나아가 문화교실 봉사까지 염두에 두었던 나의 찬란한(?) 꿈은 산산이 부서졌다*(물론 혼자만의 감상에 젖었던 내 탓이 크다)*.

마음이 못내 서운했으나 깨달은 게 있었다. 추억이란 기억 속에 있을 때 훨씬 아름답다는 것을. 나는 마음을 달래고자 동네를 걷고 또 걸었다. 우리 애들이 어릴 때 걸어 다녔던 길이며, 학교며, 개천이며, 시장을 걸었다. 새로 생긴 프랜차이즈 카페에서 달콤한 커피를 마시며 마음을 다독였다. 그리고 알았다. 그 곳은 그냥 낯선 곳이고, 지금 사는 동네, 교회, 친구들이 가장 소중한 것임을.

그리고는 허전한 마음에 시장 할머니가 직접 쑤었다는 도토리묵과 달콤한 포도를 사들고 맥없이 집으로 왔다. 그리고 나서 이 영화, 〈최악의 하루〉를 봤다. 딸이 언젠가 봤냐고 물어봤던 영화다. 아무래도 나는 제목에 이끌려서 본 것 같다. 영화는 아름다웠다. 마음 상한 하루가 충분히 위로될 만큼 서촌과 남산의 풍경은 아름다웠다. 화면을 가득 채운 초록빛 자연이 좋았고, 인물들도 사랑스러웠다*(주인공들의 찌질함까지도)*. 그리고 곧 행복해질 거라고 말해주는 마지막까지 정말 좋았다. 그리고 이렇게 사랑스런 영화를 나의 딸이 마음 통하는 친구와 봤다고 해서 더 기분이 좋아졌다.

영화를 보고나서는, 너무나 소소한 일상의 이야기와 풍경이어서, 나의 오늘 하루도 영화라면 어떨까 생각했다. 나의 하루가 영화라면, 카메라가 나의 오늘을 쭉 따라왔더라면 어떨까. 옛 추억에 젖어 15년 만에, 힘들었던 젊은 날 울며 기도했던 교회를 찾았고, 교회서는 낯선 방문객을 쌀쌀하게 대했다면, 그리고 혼자서 개천과 시장과 동네를 따라 쭉 걷는 게 나왔다면 어떨까. 그 풍경이 그래도 아름답고, 나의 표정이 쓸쓸해보였다면 가을 분위기에 어울리는 영상이 될까? 이런 생각을 하니, 제법 마음에 위안이 되었다. 이런 날도 있고 저런 날도 있는 것이다. 주책없이 감상적으로 행동하다 상처받는 날도 있고, 이 영화의 주인공 은희처럼 온갖 일들이 다 엉켜버려서 감당이 되지 않는 날도 있는 것이다. 그리고 이런 것들은 다, 지나가는 것이다.

이런 삶의 태도를 '관조'라는 단어로 표현할 수 있겠다. 힘든 날은 그렇게, 영화의 한 장면인 듯 자신의 삶을 관조하는 태도도 도움이 될 것이다. 그리고 은희처럼, 그녀가 만난 소설가 료헤이처럼 걷고 또 걷다 보면 마음은 풀릴 것이다. 영화를 만든 젊은 감독 김종관도 그랬다. 힘든 일이 있으면 걷고 또 걷는다고.

그래서일까. 나는 요즘 부쩍 자주 걷는다. 은희의 대사처럼 '진한 각성'을 위해. 시간 날 때마다 부지런히 걷다보면, 무시로 틈을 비집고 들어오는 염려나 근심은 사라진다. 그리고 기분 좋은 피로가 몸을 감싸게 된다. 그러면 나에게 말할 수 있게 된다. "오늘 하루도 수고했어" 라고.

영화의 분위기는 지나치게 소소한 일상의 장면들이어서 홍상수 감독의 영화들을 꼭 닮았다. 그러나 그처럼 냉소적이거나, 주인공들의 위선을 얄밉도록 드러내지는 않는다. 주인공들은 착하지만, 적당히 때도 묻었다. 하지만 그들을 따뜻하게 감싸는 듯이 보인다. 그리고는 말한다. "지금은 이렇게 곤경에 처해있지만, 조금만 기다려요, 곧 행복해질 거예요" 라고, 조용한 목소리로 말한다. 맑고 따뜻한 감성의 영화다.

문득 딸이 어릴 때 읽던 성장소설의 제목이 떠오른다. 『행복이 찾아오면 의자를 내주세요』라는, 독일 작가 미리암 프레슬러의 소설이다. 초등학교 6학년이었던 아이는 그 책이 좋다고 눈물이 글썽해서 말했었다. 지금도 그 책을 보면 군데군데 손때가 묻어있다. 과자 부스러기나 음료수 자국, 살짝 얼룩진 눈물 자국까지지도*(이제는 이십대 후반, 혼자만의 서울 생활이 녹록치 않았던지, 아일랜드 소녀가 미국에 가서 고생하는 영화인 〈브루클린〉을 보며 엉엉 울었던 아이다)*. 이제는 세월이 흘러 딸이 추천하는 영화를 보고 내가 위로를 받는다. 그렇다. 모든 것은 다 지나간다. 그리고 행복이 찾아오면, 우리는 의자를 내주어야한다.

불꽃놀이, 그 짧고 아름다운 판타지

'한여름의 판타지아'
장건재 감독.
2015(한국)

나의 직업은 주부다. '작가'라고 말하고 싶지만, 그걸로 생계를 이어나가는 건 아니어서 차마 그렇게 말하지 못한다. 그리고 주부인 나의 직업이 썩 만족스러운 건 아니다. 아이들을 다 키운 전업주부의 팔자만큼 늘어진 게 있을까. 그들은 무엇을 하며 하루를 보낼까? 운동, 쇼핑, 사우나, 친구들과의 수다, 혹은 바람피우기(?). 가장 건전한 부류는 신앙생활, 봉사활동 같은 것일 거다. 나의 경우는 여기 열거한 어디에도 푹 빠지지 못했다. 굳이 말하자면, 날마다 영화를 보고 간접적인 바람(?)을 피운다고나 할까?

노후 대책도 세워야하고, 딸 결혼도 시켜야 하는데, 편의점 알바라도 해야 하는 것 아닌가 하는 불안감이 엄습하지만, 자신이 없다. 별 수 없이 오늘은 아침부터 영화만 봤다. 〈최악의 하루〉에 나왔던 배우, 이와세 료가 근사해서*(간접적인 바람이다)*, 그가 나왔던 〈한여름의 판타지아〉를 봤다. 평론가들의 호평으로, 소문이 제법 났던 영화다.

처음엔 흑백영화에, 너무나 잔잔한 일상이어서 하품이 나올 지경이었다. 1부는 영화감독 자신의 이야기, 그가 영화의 소재를 찾으러 다니는 이야기다. 일본 나라 현의 고즈넉한 마을 고조시가 배경이다. 그런데 이 영화, 구성이 참 재미있고 독특하다. 2부의 내용은 1부의 여러 인터뷰에서 소재를 찾은 감독이 시나리오를 써서 만든 영상이다. 그리고 흥미롭게도, 1부는 흑백, 2부는 컬러다. 그리고 1부의 시청 공무원 역의 이와세 료와 통역을 하는 김새벽이 다른 인물로 등장하는 것이 재미있다.

2부의 극영화 속에서 유스케가 말한다. 뭔가 번민과 혼란에 빠진 것 같은 배우 혜정에게 조용조용 진지하게 말한다. "꿈을 좇는 것은 좋지만, 꿈의 노예가 되기보다는 지금 있는 행복을 찾는 게 좋지 않겠냐"고. 그건 그냥 자연스러우면 될 거라고*(아마 시골에 내려와 감 농사를 짓는 유스케 자신의 이야기일 것이다)*.

선술집에서 둘이 대화하는 이 장면이 정말 좋았다. 마음을 열어놓고, 나름 진지하게 고민을 나누는 청춘 남녀가 어찌 아름답지 않을까. 둘 사이의 묘한 설렘까지 포함해서 말이다. 마지막 장면, 둘이 각각 혼자가 되어 바라보는 불꽃놀이도 그렇다. 그들의 만남처럼 짧고 아름답다. 그리고 너무 짧아서 안타깝다. 그야말로 '한여름 밤의 판타지'다.

여행지에서의 짧고도 아름다운 만남이란 점에서, 누군가는 한국판 〈비포 선라이즈〉라 말하기도 했다.

생각해보면 누구나 짧고도 아름다운, 안타까운 만남의 경험은 있을 것이다. 그렇게 생의 불꽃놀이가 팡팡 터질 때는, 그 아름다움을 눈과 마음에 담고 그저 바라보면 되리라. 그리고 기억해야 할 것이다. 짧아서 더 아름다운 것인지도 모른다는 것을.

〈한여름의 판타지아〉는 그렇게 작고 소박한 것, 안타까운 것들의 아름다움을 노래한 영화다. 인생을 잘 산다는 것은 대단한 뭔가가 아닌, 작고 소박한 것의 아름다움을 놓치지 않는 것인지도 모른다. 소박하고 정갈하게 하루하루를 산다는 것, 오늘 나에게 오는 일과 사람을 따뜻하게 바라보고 맞이하는 것, 이것은 정말 지혜로운 자의 부분이다.

지금 있는 행복을 찾으라는 유스케의 말에 혜정이 말했다. "아는데 잘 되지 않는다"고. 맞는 말이다. 우리 모두가 그렇다. 아는데, 잘 되지 않는다. 〈한여름의 판타지아〉는 이렇게 평범한 우리 모두를 위로하는 영화다.

여행지에서의 단 이틀, 그러나 결코 짧지 않은 대화와 꿈결처럼 스쳐간 입맞춤. 유스케와 혜정의 만남이 너무 짧아서 안타까웠다. 이렇게 정갈한 것이 동양적인 만남이던가. 할리우드 영화라면 뜨거운 밤 장면은 필수일 텐데.

하지만 이들의 만남이 정갈한 만큼 여운은 길다. 아마도 여행에서 돌아온 혜정은 맑은 차 한 잔을 마시듯, 고조의 공기와 만남과 불꽃놀이를 떠올릴 것이다. 그리고 조금은 더 정제된 마음으로 일상을 살아낼 수 있을 것이다. '아는데도 잘 되지 않는' 일들을, 조금은 더 성숙한 눈빛으로 해낼 것이다.

나 또한 조금은 더 작고 소박한 행복을 찾는 마음으로, 밥을 하고 빨래를 하고 청소를 해야 하리라. 그리고 시간 날 때마다 조용한 카페에서 커피를 마시고, 음악을 듣고, 책을 보거나, 글을 쓰는 이 행복의 공기를 한껏 들여 마셔야 하리라. 영화를 보는 것이 어쩌면, 내게는 짧고 아름다운 불꽃놀이인지도 모른다.

'에브리바디 원츠 섬'

리차드 링클레이터 감독.

2016(미국)

아들이 처음으로 집을 나갔다. 제대하고 복학을 해서 혼자만의 방을 얻은 것이다. 집에서 충분히 통학이 가능한 거리지만, 혼자 살아보는 건 아들의 로망이었다. 겨우 1학년 2학기, 아직 새내기다. 맏이가 아니어서 그런지 스물 중반을 향해 가는데도, 엄마의 마음은 안쓰럽다. 혼자 뭘 어떻게 해먹고 사는지, 빨래는, 설거지는 어떻게 하는지, 자주 녀석에게 마음이 가있다. 은근히 걱정을 하는 줄 아는지, 이따금 제 밥상 차린 걸 사진 찍어 보낸다. 미역국에, 장조림에, 계란찜. 제법 그럴듯한 상차림이다*(집 앞 반찬가게에서 이것저것 산다고 한다)*. 어쩌다 연락을 해보면 과제를 하거나 공부를 하고 있단다. 복학생인 것이다. 그리고 녀석 말대로 '밥값'을 해야 하는 거다.

언젠가 딱 한 번, 그곳을 지나는 길에 아들의 방을 들어가 본 적이 있다. 생각보다 깔끔했고, 부엌이며 화장실이 다 청결했다. 음식물 쓰레기통까지 말끔히 씻어놓았다. 집에 있을 때는 제 방 청소조차 안하더니, 예상 밖의 정갈함에 놀랐다. 엄마가 너무 철부지 어린아이 취급을 하고 있었던 모양이다. 아이들은 그렇게 훌쩍 자라, 문득 어른이 되어 있는 것이다.

〈비포 선라이즈〉를 비롯한 아름다운 청춘 영화 '비포 시리즈'의 리차드 링클레이터 감독이 각본을 쓰고, 연출한 영화 〈에브리바디 원츠 섬〉을 봤다. 얼핏 한심해 보이는 영화 속 청춘들은 대학 야구부다. 개강 전날, 하고 싶은 일들을 실컷 한다. 여자, 술, 심지어 마리화나까지도. 그들의 대화도 유치하다. 종일 여자 꼬시는 생각만 하는 것 같다. 그런데 이 날라리 같은 청년들이 야구를 하면 눈빛이 달라지니, 그래도 조금은 안심이랄까.

이들의 개강 전 3일간은 제멋대로다. 걱정스럽고 한심스러울 만큼 자유분방하다. 시간을 마구 낭비하는 듯이 보인다. 자율 연습 기간이라 코치가 말했지만, 그걸 누가 지키겠는가. 어쩌면 그렇게 낭비하는 시간도 필요한 것이 청춘인지도 모른다. 복학생인 아들, 너무 공부만 하는 게 아닌가, 이런 염려 아닌 염려도 슬며시 해본다*(그럴 리야 없겠지만)*.

영화를 보는 중에 아들의 카톡 사진이 왔다. 오늘의 상차림은 꿀 뿌린 핫케이크와 우유다. 계란 프라이에 베이컨까지 곁들였다. 훌륭한 식단이라 칭찬해주자, "일주일 뒤면 시험이야. ㅜㅜ"가 날아온다. 나는 아들에게 답을 보낸다. "좀 힘들어도 할 일이 있다는 건 좋은 거야." 그리고는 '파이팅!'을 넣어 보낸다. 아들은 알아들을 것이다. 수많은 아르바이트를 해보고, 놀아도 보고, 재수도 해봤던 아이다. 그리고 엄마가 생각하는 만큼 약한 아이가 아니다*(고등학교 때 아팠던 아들의 건강이, 엄마는 늘 걱정이지만, 아들은 잘 해낼 것이다)*.

어느덧 영화는 마지막을 향해 가고 있다. 신입생 제이크는 무용 전공의 예쁜 여학생 베벌리와 데이트를 한다. 진지하게 대화하는 둘의 모습이 예쁘다. 집중할 수 있는 것, 열정이 있는 건 참 멋진 일이라고 둘은 말한다. 제이크에게는 그것이 야구고, 베벌리에게는 공연이다. 마침 아들에게 보냈던 메시지와 같아서 참 신기하다고 생각한다.

어쩌면 우리 기성세대는 청춘들을 너무 무시하고 있는 게 아닐까*(부러워서인가)*? 더러는 시간을 그저 흘려보내는 듯 보여도, 제 몫의 일 앞에서는 열정을 가지고 집중할 줄 아는 것을. 우리는 너무 조급해하고, 염려하는 게 아닌가. 믿어주고 기다려주는 것이 최고의 특효약인 것을.

언젠가 극장에서 벅찬 감동으로 봤던 리차드 링클레이터 감독의 영화 〈보이후드〉가 생각난다. 배우가 꼬마시절부터 이십대로 자랄 때까지 고스란히 시간을 따라가며 촬영했던, 특이하고 놀라운 영화다. 그때도 아들 키웠던 일, 지난 세월이 생각나 많이 울었다*(대학에 입학한 아들이 집을 떠나는 장면에서 특히)*. 그리고 영화가 너무 좋아 만나는 이마다 보라고 추천했었다. 아들이 캠퍼스 생활을 시작하며 끝나는데, 어쩌면

〈에브리바디 원츠 썸〉은 〈보이후드〉의 후속편 같아 보인다.

개강 전 사흘을 정신없이 보낸 제이크는 마침내 시작된 첫 강의에서 잠이 든다. 살짝 미소를 띤 채. 강의실 밖에서 이미 대학 생활을 실컷 맛본 제이크다. 그리고 그에게는 열정을 불태울 야구가 있다. 그가 쓴 입학 에세이에서 보듯, 그 일 역시 시지프스의 바위처럼 끝없이 반복해야 할 일이겠지만, 그의 말대로 열정만으로 충분히 달콤한 것이다.

보는 내내 쉼 없이 흐르는 80년대 음악의 향연, 그리고 더벅머리와 복고 분위기는 이 영화가 선사하는 보너스다. 최루탄 연기 자욱했던 나의, 우리의 80년대 대학 생활과는 아주 많이 다르다. 이들의 대책 없는 자유분방함이 문득 부러워진다. 자신의 행동과 삶에 따른 책임감만 있다면야, 마음껏 자유로워도 좋으리라.

다시 부르는 노래

'비긴 어게인'

존 카니 감독.

2014(미국)

뉴욕을 일컬어 "영혼을 잃어버린 도시"라고 말한 건 영화 〈리빙보이인 뉴욕〉이었다. 모든 것을 가진 도시지만 어딘가 외롭고 허전함을 느끼는 곳, 비어 있음을 느끼지만 모두가 모른 척 하고 있는 곳이라 했다. 어디 뉴욕만 그럴까. 바쁘게 살고, 많은 것을 누리고 있지만 어딘가 허전함을 애써 외면하고 살아가는 우리 모두의 모습이라 해도 지나치지 않을 것이다. 현대인이라면 누구나 공감할 만한 자화상인 것이다.

영화 〈비긴 어게인〉은 〈원스〉로 친숙해진 아일랜드 감독 존 카니가 차가운 도시, 뉴욕 곳곳을 음악으로 아름답게 물들이는 서정적인 영화다. 〈원스〉가 그랬듯이 사람과 사람이 만나 서로를 성장시키고 치유하는, 따뜻한 음악 영화다.

싱어송라이터 그레타는 갑자기 유명세를 치르게 된 남자친구 데이브와 뉴욕에 온다. 스타가 된 데이브는 이미 예전의 그가 아니다. 그의 변심을 알아차리고 떠나는 그레타. 상처 입은 그녀의 앞에 반쯤 폐인이 된 댄이 나타난다. 실패한 음반제작자인 댄은 우연히, 진심 어린 그레타의 노래를 듣고 음반 제작을 제안한다. 녹음 스튜디오를 빌릴 돈이 없는 그들은 뉴욕의 거리 여기저기서 노래를 부르고 녹음을 한다. 음악의 힘은 '진정성'이라 말하며, 자신이 부르고 싶은 노래를 만들고 스스로를 위해 노래하는 그레타를 보고, 댄의 지친 마음도 조금씩 회복되어간다. 그리고 단절되었던 가족과 소통하는 방법까지 배우게 된다.

그레타와 댄이 함께 음악을 들으며 뉴욕의 밤거리를 걸어 다니는 장면이 무척 아름답다. 둘은 영화 〈카사블랑카〉의 주제곡 'As Time Goes By'를 듣고, 프랭크 시나트라의 'Luck Be A Lady'를 듣는다. 매혹적인 올드팝이 그들의 주변을 근사하게 물들인다. 댄은 평범한 순간을 마법처럼 바꾸는 음악의 힘을 말한다.

"이래서 음악이 좋아. 평범한 일상도 진주처럼 빛나게 하거든."

이 영화는 국내 개봉관에서 340만 명이라는 기록을 세웠다. 작품성이 탁월하다고는 할 수 없는, 소소한 음악 영화에 왜 그토록 많은 이들이 열광했을까? 그레타의 남자친구로 열연한 애덤 리바인이 부른 'Lost Star'도 엄청난 사랑을 받았다. 누구나 선망하는 도시 뉴욕의 곳곳을 수놓는 근사한 음악과 자연스럽게 어울리는 배우들, 권모술수도, 배신자도 없는 정직한 사람들. 대형 제작사의 입김에 주눅 들지 않고, 당당히 자기 목소리를 내는 주인공. 사실 보기 드물게 건전한 영화였다. 흥행의 첫 번째 힘은 음악이겠지만, 자극적인 것에 지친 이들이 찾은, 휴식과도 같은 영화가 아니었나 싶다.

존 카니 감독은 〈원스〉의 배우 글렌 한사드와 함께 밴드 '더 프레임즈' 출신이다. 남다른 음악 영화를 만들 수 있었던 것도 음악인 출신이기 때문일 것이다. 〈원스〉, 〈비긴 어게인〉, 〈싱 스트리트〉를 잇는 음악 영화 3부작으로 이제는 음악 영화의 거장이라 불리는 그는 늘 각본, 감독을 겸한다. 그레타가 작곡과 노래를 겸한 싱어송라이터인 것을 연상시킨다. 그레타는 감독의 분신이 아닐까? 마크 러팔로가 연기하는 댄은 2013년에 죽은, 감독의 형 모습 그대로라고 한다.

어느 인터뷰에서 감독은, 그레타 역의 키이라 나이틀리가 특권을 요구했다며 비난했다. 그 뒤 사과했다는 후문이 들리긴 하지만, 이미 대스타인 그녀의 행동이 용납되지 않았다는 건 할리우드 시스템에 대한 반발이었는지 모른다. 결국 감독은 다시 아일랜드로 돌아가 정말 만들고 싶었던 작품, 자신의 어린 시절이 담긴 〈싱 스트리트〉를 찍는다. 모르긴 해도 다시 할리우드에서 작품을 만들 것 같지는 않다. 그레타가 대형 음반 제작사와 손잡지 않고 자신만의 음악을 지켜나간 것처럼. 그런 의미에서 그레타는 감독의 분신인 거다. 감독이 "배우가 아닌 슈퍼모델"이라고 비난했던 대스타가, 대형제작사의 상업시스템에 반발하는 역할로 나온 건 사실 아이러니다. 시스템에 저항하여 독립적인 길을 가겠다는 메시지를 전하는 영화가, 실은 철저히 상업적인 계산과 대형자본에 의해 만들어진 것은 씁쓸한 감이 있다.

명배우 알 파치노가 주연한 〈대니 콜린스〉라는 영화가 있다. 대니 콜린스는 슈퍼스타가 된 록가수다. 그는 돈과 명예와 여자, 원하는 건 뭐든지 손에 넣을 수 있는 위치에 있지만, 내면은 철저히 망가진 채 나이가 들었다. 그런 그에게 오래된 편지 한 통이 전해진다. 무명 시절, 그의 인터뷰를 보고 쓴 존 레논의 편지였다. "네가 유명해져도 달라질 건 없어. 네 음악, 네 생각에 충실해"라고 쓴 친필 편지였다. 대니 콜린스는 중얼거린다. "진작 이 편지를 받았더라면…" 그러나 이미 흘러버린 세월과 함께 모든 것은 변해버렸다. 뒤늦게 그는 자신이 잃어버린 것들을 찾아 나선다. 실화에서 소재를 얻은 영화로, '처음 마음'을 지킨다는 것이 얼마나 어려운지, 인기나 성공이 얼마나 물거품 같은 것인지를 깨닫게 한다. 그리고 진정으로 지켜야 할 것이 무언지, 자신의 정체성이 무엇인지를 생각하게 한다.

〈비긴 어게인〉의 주인공, 그레타가 돋보이는 이유가 여기에 있다. 상업 시스템에 발을 들이면 더 이상 스스로를 위한 노래, '진정성'이 묻어나는 노래를 만들 수 없다는 것을 안다. 타의에 의해 길들여지는 것을 거부하고 나온 그녀기에, 마지막 장면에서 홀로 자전거를 타며 환하게 미소 지을 수 있었다. 그렇게 그녀는, 스타가 되어 변심한 남자친구와 달리 '처음 마음'을 간직할 수 있었다. 어쩌면 세상에서 가장 어려운 것이 '마음을 지키는 일'인지 모른다.

『바다의 선물』을 쓴 작가 앤 모로우 린드버그는 이렇게 말했다.

"책임과 의무와 활동의 회전바퀴 중심에 고정된 축이 되려고 노력해야 한다."

쉴 새 없이 돌아가는 삶의 회전바퀴에 끼여 헉헉대지 않으려면 고정된 축이 있어야한다는 것, 즉 마음의 중심을 잃지 않아야 한다는 것이다. 한 해의 끝에서 스스로에게 물어보라. "나의 마음은 어디에 있는가? 어떤 상황에도 변하지 않는, 나의 정체성은 무엇인가?"

영화가 가르쳐 주는 답은 이렇다. 대니 콜린스는 잊고 있던 아들을 찾아가, 병든 그의 곁에 있어주었다. 그레타는 노래 수익금을 함께 참여한 무명 음악가들과 나누었다. 댄은 딸과 부인이 있는 집으로 다시 가기위해 짐을 쌌다. 결국은 사랑하고 사랑받는 관계가 모든 것이라고 가르쳐준다.

한 해의 끝에서 다시 나 자신에게 묻는다. 너의 관계는 어떠했는가? 사랑하고 사랑받았는가? 나를 성장시킨, 나로 인해 성장한 만남이 얼마나 있는가? 생각하면 자신이 없다. 하지만, Begin Again, 살아있는 한 우리는 언제나 다시 시작할 수 있다. 어쩌면 세상에서 가장 멋진 말이 아닌가. Begin Again.

Picture TWO

영혼의 허기를
채울 시간

맥은 상처를 받은 바로 그 장소에서 치유를 받았고, 그러자 그의 삶이 변했다. 그 장소인 오두막은 그의 마음속이다.

나 자신으로 산다는 것

'브리짓 존스의 베이비'

사론 맥과이어 감독.

2016. 영국

영화를 보다 엉뚱한 장면에서 눈물이 날 때가 있다. 〈브리짓 존스의 일기〉 시리즈 중 3편의 제목은 〈브리짓 존스의 베이비〉다. 너무나도 유명해져버린 이 로맨틱 코미디를 보는데, 예상치 못한 장면에서 왈칵 눈물이 쏟아졌다. 천방지축 사고뭉치 브리짓이 비로소 성숙해 보이는 시점이었다. 브리짓이 사랑하는 남자를 두고 돌아서는 장면, 즉 홀로서기를 하는 장면에서였다. 모든 눈물에는 다 이유가 있는 법인데, 이 느닷없는 눈물에도 물론 사연이 있다.

책을 출간하고 나서 라디오 생방송 인터뷰를 할 기회가 있었다. 지역 작가를 소개하는 시간이었다. 글도 그렇지만, 말에는 더욱 자신이 없는 나는 방송작가가 미리 준 열 몇 개의 질문에 빽빽이 답을 썼다. 그리고 몇 번이나 읽어보고 연습을 했다. 생방송은 역시 떨리고 긴장되었다. 하지만 한 때 연극무대에 섰던 나는 연기를 하듯 막힘없이 술술 읽어나갔고, 방송을 들은 친구들은 하나같이 뜨거운 반응을 보였다. 어쩌면 그렇게 말을 잘하느냐는 거였다. 그런데 딱 한 사람, 같이 사는 이는 냉정하게 말했다.

"왜 다른 사람처럼 말하지?"

아무래도 방송 중 나는 너무 달변이었고, 너무 씩씩한 척 했던 것 같다. 그렇게 캐릭터를 잡고 연기했다는 것을 들켜버렸다. 오랜 기간 함께 산 사람을 속일 수는 없는 것이다. 나는 그 말에 마음이 많이 아팠다. 그렇게 애썼지만, 아직 열등감을 극복하지 못했던 것이다. 평소에 나는 자신감 있고, 씩씩한 여성들이 너무 부러웠다. 그만큼 소심하고, 부끄러움 많고, 말주변 없는 내가 싫었다. 첫 번째 라디오 인터뷰가 너무 떨렸던 나는, 내가 아닌 다른 사람으로 설정해 연기를 할 수 밖에 없었다. 그러던 차에 좌충우돌, 실수투성이지만 있는 그대로 자신의 모습으로 살아가는 브리짓 존스의 모습이 내 안의 뭔가를 건드렸다.

사실 그녀는 내가 어릴 때 무척이나 좋아하던 '빨강머리 앤'이 어른이 된 모습 같다. 실수투성이지만, 똑같은 실수를 두 번 하지는 않는다며 늘 당당한 앤을 보며 어릴 때도 많은 위안을 받았다. 그리고 이제, 전편들보다 조금은 더 성숙해진 브리짓 존스를 보자, 알게 모르게 그간 나를 무장시켰던 내면의 잠금장치 하나가 스르르 풀리고 그만 눈물이 났던 것 같다. 임신을 한 브리짓이 영원한 연인 마크 다시에게서 정신적으로 독립을 하는 장면에서였다. 로맨틱 코미디를 보며 눈물이 난 순간 알았다. 내가 많이 긴장했었고, 또 남편의 말 한 마디에 많이 속상했다는 것을.

'긴장해서 오버한 거'라고 내가 말하자, 그는 "다음부터는 그러지 마"라고 딱 부러지게 말했다. "당신 자체로 가치 있고 소중해"라는 다음 말이 아니었으면 그를 한동안 미워할 뻔 했다.

'나 자신으로 산다는 것', 즉 자연스럽다는 것은 가장 큰 미덕이고 가치가 있는 일일 것이다. 하지만 이것은 결코 쉬운 일이 아니다. 비록 실수투성이라 해도, 자신의 모습을 싫어하지 않고 있는 그대로 인정하는 순간, 그 모습은 그만의 독특한 매력이 된다. 그리고 그것은 자연스러움이라는 가장 예쁜 옷을 걸치게 한다. 바로 이 점이 브리짓 존스라는 캐릭터가 그토록 많은 사랑을 받은 이유가 아닐까 싶다.

소설이 원작인 〈브리짓 존스의 일기〉는 1,2,3편 모두가 재미있는, 흔치 않은 시리즈다. 2001년에 1편이 나왔으니, 세월이 참 많이 흘렀고, 배우들도 많이 늙었다. 하지만 20년 가까운 세월에도 출연 배우들은 여전히 매력적이다. 얼굴에는 세월의 흔적이 고스란히 담겨있다. 르네 젤위거, 콜린 퍼스 모두 여전히 멋지다. 자연스러운 주름과 연륜이 묻어나는 연기력이 영화를 더욱 맛깔스럽게 한다. 역시 가장 큰 매력은 자연스러움인 것이다.

결혼 후 사랑은 어떻게 되는가?

'파리폴리'
마크 피투시 감독.
2014(프랑스)

부부관계를 위한 탁월한 저서 『5가지 사랑의 언어』를 쓴 게리 채프먼은 집필 동기를 이렇게 밝힌다. 우연히 비행기 옆자리에 앉은 중년 남성이 물었다는 것이다.

"대체 결혼 후, 사랑은 어떻게 되는 겁니까?"

과학이 밝혀낸, 사랑에 빠지게 하는 호르몬의 기간은 길어야 2~3년이라고 한다. 호르몬의 유효기간이 끝난 후 사랑은 정말 어떻게 되는 걸까? 종류가 다른 사랑이어야 한다는 답을 내놓을 수밖에 없다.

"깊이 결합된 부부에게는 젊음의 상실도 이미 불행이 아니다. 함께 늙어가는 즐거움이 노인이 되는 괴로움을 망각시키기 때문이다."

모노이라는 사람의 말이다. 이것은 불가능한 것일까? 노르망디에 사는 브리짓은 소녀감성을 간직한 아줌마다. 목장을 경영하는 남편 자비에는 일밖에 모르는 무뚝뚝한 사람이다. 당연히 둘 사이는 삐걱댄다. 이웃에 놀러왔던 젊은 남자에게 호기심을 느낀 브리짓은 그를 찾으러 파리로 향한다. 남편에게는 피부병을 고치기 위해서라고 둘러댄다. 브리짓의 수상한 행동에 뒤쫓아 간 남편은 아내가 다른 남자와 함께 있는 것을 발견하고서 발길을 돌린다. 파리에서의 짧은 일탈 후, 뭔가를 깨달은 브리짓은 서둘러 남편에게로 돌아간다. 과연 둘은 아무 일도 없던 것처럼 잘 지낼 수 있을까?

칸, 베를린, 베니스 3대 영화제 모두에서 연기상을 탄 배우 위자벨 위페르가 브리짓을 연기한다. 소녀 감성을 간직하고 있는 중년 여성을 사랑스럽게 그려낸다. 중견배우 장 피에르 다루생도 무뚝뚝하지만 부인을 깊이 사랑하고 있는 남편 역할을 진솔하게 그려낸다. 영화 〈코파카바나〉로 알려진, 시나리오 작가 출신의 감독 마크 피투시가 메가폰을 잡았다. 노르망디의 목장 풍경과 파리의 명소들을 배경으로 중년부부의 갈등과 화해를 알콩달콩 재미있게 그려냈다.

"결혼 전에는 눈을 크게 뜨고, 결혼 후에는 눈을 반쯤 감아라"라는 말이 있다. 결혼 생활에 관한, 꽤 쓸 만한 충고인 것 같다. 하지만 우리는 대개 반대로 행동한다. 결혼 전에는 눈을 아예 감고, 결혼 후에 비로소 눈을 크게 뜨는 것이다. 그래서 연애 기간 중에는 보이지 않던 상대의 단점이 결혼 후에는 너무나 뚜렷하게 보인다. 그리고 이것은 부부싸움의 원인이 되며, 내가 결혼한 사람이, 연애했던 사람이 맞는지를 의심하게 되는 것이다.

레너드 코헨의 노래 'Take This Waltz'를 제목으로 한 캐나다 영화가 있다. 사라 폴리 연출로 국내에서는 〈우리도 사랑일까〉라는 제목으로 개봉되었다. 남편의 품을 떠나 다른 남자에게 가지만, 사랑이 이루어지고 나자 다시 권태감에 빠진다는 내용이다. 사랑의 과정과 소멸을 섬세하게 다룬 작품인데, 특별히 기억에 남는 대사가 있다. "새 것도 언젠가는 헌 것이 된다"는 말이다. 사랑에 빠졌을 때는 아름답게 반짝이던 사람이, 시간이 흘러 사랑이 시들해지면 낡은 가구처럼 무덤덤한 존재가 되어버리는 것이다.

하지만 한편으로 생각해본다. 부부는 낡은 가구가 아니라, 포도주와 같을 수도 있다고. 오래될수록 더 깊고 오묘한 맛이 날 수도 있는 것이다. 오래된 부부는 슬프고 아팠던 세월의 흔적이 고스란히 배어, 숙성된 포도주와 같은 관계가 되기 때문이다. 때로는 쳐다만 봐도 무엇을 필요로 하는지, 상대방이 기쁜지 슬픈지를 알아차리는 것이 오래된 부부다. 정지용의 시 '향수'의 한 구절처럼 "아무렇지도 않고 예쁠 것도 없는" 사이지만, 상대방을 사랑과 연민으로 바라보게 되는 그런 관계다.

〈파리폴리〉의 브리짓과 자비에는 때로는 낡은 가구처럼 무덤덤하지만, 때로는 묵은 포도주처럼 숙성된, 상대방의 감정을 말하지 않아도 알아차리는 중년부부다. 짧은 일탈 끝에 자신의 자리를 찾아오는 브리짓, 그리고 그런 브리짓을 묵묵히 받아들이는 자비에를 보며 문화적 차이는 있지만 결국 사람 사는 모양은 다 비슷한 것이라는 생각이 든다. 우여곡절 끝에 부부가 함께 여행간 사해에서 서로의 몸에 진흙을 발라주는 장면과 나란히 바다에 떠있는 마지막 장면이 보는 이에게 행복감을 안긴다. 결혼 후에도 사랑은, 사라지지 않는다.

치유의 장소, 그곳

'오두막'
스튜어트 하젤딘 감독,
2016(미국)

오래전 친구들과 독서모임을 한 적이 있다. 그 날의 지정도서는 윌리엄 폴 영의 베스트셀러 소설『오두막』이었다. 우리는 평소대로 서로 읽고 온 소감을 나누었다. 한참 듣고만 있던 한 사람이 머뭇머뭇 입을 열었다. 그 날 새로 합류한 사람이었다. 그녀는 조용히 울기 시작했고, 우리는 침묵했다. 그녀 역시『오두막』의 주인공과 같은 아픔을 가진 이였다. 그녀는 오랫동안 울었고, 우리는 모두 아무 말도 할 수 없었다.

그렇게 친구 H를 만난 지 십여 년 가까이 되었고, 그녀는 아주 조금씩 회복이 되었다. 그리고 지금은 원래의 성격 그대로 야무지고 싹싹한 자신으로 돌아와 있다. 지금의 그녀를 본다면 누구도 그런 비극을 겪어낸 이라고 믿지 못할 것이다. 나는 자식을 잃은 그녀의 아픔과 극복의 시간들을 옆에서 지켜보면서, 세상에 이겨내지 못할 일은 없다는 것을 알았다. 어떤 일을 겪었든, 삶은 계속되고 우리는 살아내어야 한다는 것을 머리가 아닌, 가슴으로 알았다.

그 때 우리가 함께 읽었던 소설『오두막』이 영화로 만들어졌다. 나는 별 기대 없이 보았다. 소설 장면들이 내 머릿속에 고스란히 들어가 있기에 굳이 영화까지 찾아볼 이유는 없었다. 하지만 그 날은 시간 여유가 넉넉했고, 이왕이면 의미 있는 영화를 보고 싶었다. 그 판타지 같은 이야기를 어떻게 표현했는지 궁금하기도 했다. 〈라이프 오브 파이〉의 제작진이 만들었다니, 꽤 어울리는 조합이라는 생각도 들었다.

영화 〈오두막〉은 잘 알려진 대로, 비극적 사건으로 딸을 잃은 주인공 맥이 한 장의 초대장을 받고 일어나는 판타지 같은 이야기다. 그리고 종교적 색채가 짙은 작품이다. 지금은 베스트셀러가 됐지만, 작가가 수많은 출판사에서 퇴짜를 맞은 걸로도 유명하다. 기독교 신자가 아니라면, 그 상징을 충분히 알아차리지 못할 수도 있다. 하지만 신자가 아니라도, 어린 시절 조금만 교회를 들락거렸거나 성경 이야기를 아는 사람이라면 충분히 알아차릴 수 있다. 오히려 보수적인 기독교 신자라면, 신을 흑인여성으로 등장시킨 장면이 불편할지도 모르겠다. 실제로 이런저런 논란이 있는 모양이다.

하지만 나는 신을 세 명의 인물로 등장시킨 것이 아주 재미있었다. 다정다감한 흑인 여성, 잘 생긴 중동 청년, 그리고 아름다운 동양 여성이다. 그건 기독교 교리에서 말하는 성부, 성자, 성령으로 그 역할에 따라 셋이기도 하고, 하나이기도 한 기독교의 신비다. 그리고 이것을 영상으로 옮긴 장면들은 아름다웠고, 기대 이상으로 설득력이 있었다. 맥을 연기한 샘 워싱턴의 진심어린 연기와 파파 역의 옥타비아 스펜서의 기품 있는 연기도 좋았다. 다정한 어머니 같은 파파는 맥에게 맛있는 음식을 만들어 먹이고 푹 쉬게 한다. 마치 음식과 휴식이 치유의 한 방법이라고 말하는 듯하다. 그리고 눈물이 그렁그렁한 눈으로 그의 아픔을 다 안다는 듯 말없이 바라보기도 한다. 절규하던 맥은 그렇게 파파의 오두막에서 먹고 쉬고, 아파하고 질문하며 조금씩 회복이 되어간다.

이 영화의 가장 중요한 주제가 바로 치유다. 그리고 그것은 상처 받은 바로 그 장소에서 이루어진다는 걸 말해준다. 또한 내게 상처를 준 그 사람 역시 누군가로부터 상처를 입었던 연약한 인간일 뿐임을 이야기한다. 그러므로 우리는 누군가를 심판할 수 있는 존재가 아니라, 불쌍히 여기고 용서해야 하는 존재임을 말한다. 그리고 그것은 결코 쉬운 일이 아니라는 것을 보여주는 주제가 묵직하다. "인생에서 일어나는 비극과 고통 앞에서 신은 무엇을 하는가" 라는 본질적 의문을 가진 이라면 한번쯤 꼭 볼만할 것이다.

맥은 상처를 받은 바로 그 장소에서 치유를 받았고, 그러자 그의 삶이 변했다. 그 장소인 오두막은 그의 마음속이다. 그러므로 마법 같은 일이 벌어지는 곳은 바로 그의 마음속인 것이다. 비극적인 사건은 그대로지만 그의 내면이 변했고, 그러자 삶도 변했다.

그런데 소설과 영화 속에서나 있을 법한 일을 실제로 겪은 친구 H의 삶을 변하게 한 것은 무엇일까? 나는 그녀를 지켜보며, 영화보다 더한 감동을 얻는다. 옆에 있어줘서, 열심히 살아줘서 고맙다는 말을 꼭 전하고 싶다. "그래도 12년을 내 품에 안아봤잖아"라고 토해내듯 말하던, 그녀의 평온하지만 깊이 있던 그 얼굴을 어찌 잊을 수 있을까.

'로스트 인 파리'
피오나 고든, 도미니크 아벨 감독.
2016(프랑스, 벨기에)

파리에서 길 찾기

내가 만난 파리는 아름다웠다. 너무 아름다워서 마치 꿈속을 걷는 듯 했다. 영화 〈미드나잇 인 파리〉의 황홀한 풍경 그대로였다. 은빛으로 반짝이는 센 강을 따라 미끄러지는 유람선과 멋진 다리들을 배경으로 자리한 미술관들. 루브르 박물관 앞 계단과 오르쉐 미술관, 벽 전체가 커다란 모네의 수련으로 가득한 오랑주리 미술관. 그리고 별들이 실제로 반짝이는 것 같아 한참을 머물러있게 하던 고흐의 그림, 가까이서 보면 두터운 유화 물감이 덕지덕지 발라져있던 '아를의 별이 빛나는 밤'. 햇빛 가득한 날의 루브르 앞 튈르리 정원, 우리를 축복하듯 밝고 눈부시던 그곳 또한 잊을 수 없다.

이것이 내가 지금도 기억하고 있는 파리의 이미지들이다. 물론 몽마

르트 언덕과 여러 거리에서 득실대던 소매치기와 집시들의 기억은 뒷전으로 두었다. 파리 곳곳의 멋진 카페만큼이나 아름답고 낭만적인 것들만 기억해두었다. 기막히게 좋았던 커피와 빵 맛, 그리고 멋쟁이 파리지앵들이 더 기억의 앞에 자리하고 있다.

최근 바쁜 일들이 지나고 약간의 여유가 생기자, 힐링의 시간이 필요하다는 생각이 들었다. 이럴 땐 한 편의 아름다운 영화가 제격인 법. 나는 〈로스트 인 파리〉를 고르며 기억 속에 있는 파리를 불러내고 싶었다. 그리고 다시 한 번 아름다운 것들을 떠올리며 기운을 내고 싶었다. 그런데 막상 영화를 보자 기대와 달랐다. 코믹하긴 한데 점점 이상하게 흘러가 나를 당황스럽게 하는 것이었다.

주인공 피오나는 도서관에서 근무하는 캐나다 아가씨다. 그녀가 사는 곳은 눈보라가 몰아치는 추운 지방이다. 도서관에서 책만 봐서 그런지 도수 높은 안경을 썼다. 그리고 〈슈렉〉의 여주인공 피오나처럼 미인과는 거리가 먼 아가씨다. 파리로 떠난 무용수 출신의 이모한테서 연락이 와 파리로 여행을 떠난다. 낭만적인 파리 여행이 아니라, 첫날부터 이모와는 연락도 안 되고, 가방도 잃어버리고, 모든 것이 엉망진창이 된다. 그리고 노숙자 돔과 인연이 얽힌다. 길을 잃은 그녀는 낯선 파리에서 헤맨다. 그녀가 파리에서 잃은 것은 무엇이고, 얻은 것은 무엇일까?

영화를 다 보고나니 기분이 묘했다. 코믹하고 엉뚱한 영화의 분위기가 나름대로 귀엽고 사랑스럽긴 했다. 그런데 피오나가 노숙자에게 연정을 느끼고 연애를 하다니. 아무래도 그건 당황스러운 거였다. 노숙자라도 노래를 하거나, 그림을 그리거나 그런 예술가 정도는 되어야 하는데 그것도 아니었다. '파리는 뭐, 거지도 멋있다는 거야?'라는 생각이 들 지경이었다. 프랑스 사람들의 감각은 참 별나다고만 생각하고 말았는데, 한참 후에 문득 떠오르는 것이 있었다. 아주 못생긴 아가씨와 가진 게 아무 것도 없는 남자와의 연애담이란 것. 바람직하지는 않지만, 여자에게 제 1의 미덕이 미모이고, 남자에게 제 1의 미덕이 능력이란 게 세상의 법칙이라면 이것을 철저하게 배반하는 두 사람의 엎치락뒤치락 사랑이야기인 것이다. 이것은 로맨스 영화라면 응당 가져야 할 기본 미덕을 기대했던 내게 허를 찌르는 것이었다.

슬랩스틱 코미디라 할 수 있는 영화의 장면들은 아주 웃기고, 화면들이 애니메이션처럼 밝고 화사하다. 에펠탑을 오르는 장면처럼 아름다운 장면도 아주 많다. 요양원에 가지 않으려고 몸부림치는 나이든 무용수, 마르타 이모의 이야기는 쓸쓸하고 슬픈데 묘하게 아름답다. 마르타 이모 역의 엠마누엘 리바는 노부부의 사랑 이야기 〈아무르〉에서의 연기로 각종 영화제에서 상을 받은 명배우다. 이 영화를 끝으로 세상을 떠났다고 해서 더 처연한 느낌이 들었다. 피오나 역의 피오나 고든과 돔 역의 도미니크 아벨이 공동으로 각본을 쓰고 연출을 했는데, 둘이 진짜 부부라는 사실이 재미있다.

엉뚱하고 별난 캐나다 아가씨의 좌충우돌 파리 여행담인 이 영화는 삶과 죽음, 익숙함과 낯섦, 일상과 모험 등 코미디 안에 의외로 많은 것을 담고 있다. 새로운 길은 낯선 길이다. 그러므로 길을 잃고 헤매는 것은 당연한 법. 길을 찾기 위해 우리는 길을 잃어보는 것이다.

이런 생각을 해본다. 냉기 가득한 도서관에서 살던 피오나가 파리의 거리에서 진짜 삶을 찾은 게 아닐까 하고. 영화가 말하고 싶은 건 책 속에, 관념 속에 갇혀있지 말고, 진짜 '살아있는 삶'을 살라고 하는 것이 아닐까 하고.

가장 행복한 순간은 평범한 하루다

‘러브 인 프로방스’
로셀린 보스크 감독.
2014(프랑스)

프로방스의 햇빛과 바람은 얼어붙은 마음도 녹인다는 말이 있다. 프랑스 남동부의 옛 지명인 프로방스는 햇빛, 바람, 라벤더, 올리브 나무 등을 연상시키는 힐링의 장소로 세잔, 고흐, 샤갈, 마티스와 같은 화가들의 사랑을 듬뿍 받은 곳이기도 하다. 영화 〈러브 인 프로방스〉는 파리지앵 삼 남매가 아름다운 프로방스에서 고집불통 할아버지와 여름을 지내며, 서로가 성장한다는 이야기를 담고 있다.

올리브 농사를 짓는 할아버지는 부모의 이혼으로 인해 갑자기 프로방스에 내려온 삼남매와 사사건건 대립한다. 세대 차이의 간격이 너무 커서 할머니의 중재도 소용이 없다. 삼남매의 엄마와 할아버지는 관계가 단절된 지 오래다. 태어나서 처음으로 할아버지를 만난 남매는 ‘꼰대' 노릇만 하는 할아버지를 못견뎌한다.

10대인 아이들의 관심은 컴퓨터, 그리고 와이파이가 잘 터지느냐 하는 것, 할아버지의 관심은 오직 올리브 농사다. 이들은 매사에 티격태격하지만, 청각장애를 앓는 막내 테오만은 할아버지의 진심을 알고 먼저 손을 내민다. 행동과 말 이전에 숨어 있는, 속 깊은 사랑을 알아차렸기 때문이다. 오랜 기간의 단절과 세대 차이에도 불구하고, 이들은 조금씩 소통해 나가며 프로방스에서의 추억을 쌓아간다. 프로방스의 아름다운 풍광과 함께 가족의 소중함을 말하는 따뜻한 영화라고 할 수 있다.

영화가 시작되면 추억의 팝송, 사이먼과 가펑클의 'Sound Of Silence'가 흘러나온다. 가족 간의 사랑을 말하는 영화지만, 노래 제목처럼 '침묵의 소리'에 대해서도 생각해보게 한다. 우리는 말과 행동에 갇혀 상대방의 진심을 알아차리지 못할 때가 많다. 막내 테오를 청각 장애로 설정한 의도가 충분히 느껴진다. 소리 내어 말하는 것만이 언어는 아닌 것이다. 말 이전의 침묵의 언어에도 귀 기울일 줄 안다면, 관계에 있어 많은 문제가 해결됨을 시사한다.

〈레옹〉의 주인공 장 르노가 할아버지 역을 맡아 손자들과 티격태격하지만, 속 깊은 사랑을 나누며 함께 성장하는 관계를 보여준다. 실제로 프로방스에 살고 있다는 그는 올해 나이 70세로, 투박한 할아버지 역할에 너무나 잘 어울린다. 프로방스와 지리적으로 가까운 스페인의 문화와 축제가 그 지역에 공존하고 있는 것도 또 하나의 구경거리다.

손자가 만들어준 페이스북 계정으로, 옛 친구들이 할아버지 집으로 몰려오는 장면이 재미있다. 왕년에 히피처럼 살던 그들의 차림새는 여전히 히피 행색이다. 그들은 함께 와인을 마시고, 밥 딜런의 노래들을 부르며 옛 추억에 잠긴다. 나이든 이들이 둘러앉아 'Forever Young'을 부르는 장면이 각별하다.

사실 누구나 한 때는 청춘이었다. 도무지 어린 시절이 상상되지 않는 이들도 예외가 아니다. 할아버지와 할머니에게도 환희의 순간들, 그리고 상처와 아픔으로 얼룩진 청춘이 있었던 것이다. 세상 곳곳을 탐험했던, 이들의 젊은 시절 사진을 보고 아이들은 놀란다. 세대 간의 차이로 인해 소통이 전혀 되지 않을 것 같은 노부부와 손자들의 관계가 회복되는 과정이 감동적이다.

일반적으로 영화를 보다보면 특별한 사람들의 이야기가 대부분임을 발견하게 된다. 뭔가 자극적이고 남다른 소재이기에 영화로 만들어지는 것이다. 하지만 오랜만에 평범한 사람들의 일상적인 이야기를 하는 〈러브 인 프로방스〉를 보고나서 평범함, 그리고 일상의 소중함에 대해 다시 한 번 생각하게 되었다. 얼마 전 관람 열풍을 몰고 온 영화 〈보헤미안 랩소디〉의 주인공 프레디 머큐리처럼 재능이 특별해서*(혹은 상처나 결핍이 커서)* 남다른 삶을 살 수 밖에 없었던 이야기를 보며, 과연 행복한 삶이었을까를 생각해보는 것이다. 한 사람의 인생을 함부로 말 할 수는 없다. 하지만 재능, 특별함보다 평범함, 일상 등의 단어가 더 소중하게 와 닿는 요즘이다.

영화 〈러브 인 프로방스〉에는 특별함이 없다. 나와 다를 바 없는 평범한 사람들의 기쁨과 슬픔이 담긴 이야기, 사랑으로 서로를 다독여가는 이야기다. 그리고 누구에게나 있을 법한 여름방학의 추억과 정겨운 시골의 풍경이 담긴 따뜻한 영화다. 영화를 다 보고나면 가장 행복한 순간은 가장 평범한 일상이라는 걸 깨닫게 된다.

타인은 지옥인가요?

'로베르토의 특별한 일주일'
세바스찬 보렌스즈테인 감독.
2011(아르헨티나, 스페인)

오랜만에 맘에 드는 힐링영화를 봤다. 모름지기 작가란 외로워야 하는 거라고, 외로움을 친구 삼아 살기로 작정하고 지내다 슬슬 지칠 무렵이었다. 습관성 질병처럼 우울과 허무 쪽으로 빠져 나가던 중이었다. 예나 지금이나 나는 좋은 영화란, 삶에 대해 긍정적인 에너지를 주는 영화라고 생각한다. 이 영화가 그랬다. 함께 사는 것이 대해 말하는 따뜻하고 좋은 영화였다.

영화의 주인공 로베르토는 철물상을 하는 중년의 독신남이다. 성격은 까칠하지만 정직하고, 자신의 일을 열심히 하는 사람이다. 그런데 타인의 침범은 질색이다. 이웃에 사는 아름다운 여인 마리의 적극적인 구애에도 요동하지 않는다. 그저 하루하루 똑같이 일을 하고, 정확하게 열한시가 되면 잠이 든다. 이런 그에게 남다른 취미가 하나 있다. 세상의 기이하고 불합리한 사건(*물론 비극*)을 신문에서 찾아 스크랩하는 것이다.

영화는 철저히 혼자이기를 고집하는 로베르토가 맞이하게 되는 특별한 일주일을 다룬다. 스페인어를 한 마디도 못하는 중국인을 만나, 어쩔 수 없이 한 집에서 살게 되며 겪는 이야기다. 혼자 지내기를 간절히 원하는 그에게 닥친 피할 수 없는 난관이다. 그에게는 어떤 일이 벌어질까?

영화를 보다 느낀 한 가지는 타인의 간섭을 싫어하는 현재의 내 모습이 그를 꽤 닮아있다는 거다. 고독하기를 작정하고, 사람 만나는 일에 신중을 기하다보니, 도무지 마음에 드는 사람은 한 사람도 없었다. 이 사람은 이래서 싫고, 저 사람은 저래서 싫었다. 긍정적 의미의 외로움, 그리고 함께 더불어 살기. 두 명제 어디쯤에서 균형을 잡아야 하는 걸까? 정신과 의사이며, 베스트셀러 작가인 스캇 펙은 그의 명저 『아직도 가야할 길』에서 이렇게 말했다.

"모든 삶은 그 자체에 무수한 위험을 내포하고 있으며, 사랑하고 살면 살수록 더욱 많은 위험에 처하게 된다."

로베르토가 철저히 혼자 살기로 결심한 것에 대한 설명이 될 것이다. 물론 그가 이렇게 결심한 데에는 그만의 아픈 사연이 숨어있다. 스캇 펙은 계속해서 말한다.

"자신을 새로운 차원과 영역으로 확장하고 변화시켜 사랑이 가득 찬 삶을 영위해 나가고자 하는 사람이라면 이런 모험들을 반드시 감행해야 한다. 한 사람의 정신적 성장이라는 여로에는 많은 기점들이 있다."

이 말은 사랑한다는 것은 모험이며, 이것은 바로 정신적 성장이라는 것이다. 로베르토에게 있어서 중국인 쥔과의 만남은 그의 정신적 성장을 위한 하나의 기점이 되었다. 자신은 결코 원하지 않은 골칫덩이 문제였지만 말이다. 힘들고 골치 아픈 일을 좋아할 사람은 없다. 하지만 돌아보면, 자신을 괴롭히던 그것이 바로 성장을 위한 기점이 되었다는 것을 우리는 안다.

현명한 사람은 문제를 두려워하지 않고, 문제가 주는 고통까지도 기꺼이 받아들인다고 한다. 얼마만큼의 내공이 쌓여야 닿을 수 있는 경지일까? 보통의 우리는 절대로 못 이룰 경지겠지만 한 가지는 분명하다. 삶의 문제를 피해 도망간다고 해서 저절로 해결되는 것은 아무 것도 없다는 것을. 그렇다면 답은 분명하다. 직면하기, 고통을 받아들이기. 그리고 그것의 결과는 성장이다.

로베르토는 특별한 일주일*(자신은 결코 원하지 않았던)*을 보냈고, 사랑이라는 모험에 뛰어들었다. 그리고 그것은 정신적 성장을 이룰 기점이 되었다. 그는 비로소 어른이 된 것이다.

(국내 개봉은 2016년이지만, 아르헨티나 현지에서는 2011년에 개봉되었고, 엄청난 성공을 거두었다. 중국인 쥔을 연기하는 이그나시오 황의 대사는 한글 번역을 하지 않아, 리카도 다린이 연기하는 로베르토의 답답함이 고스란히 전달되어 더욱 흥미롭다).

'그렇게 아버지가 된다'

고레에다 히로카즈 감독.
2012(일본)

가족의 의미

일본은 참 조용한 나라다. 사람과 집과 거리가 놀랄 만큼 깨끗하고 단정하다. 연휴 동안 일본에 다녀왔는데, 귀국하자마자 맨 먼저 한 일은 집안 청소였다. 깨끗한 것만 보다보니 더러운 것이 '지나치게' 눈에 띄었기 때문이다. 도쿄에서의 3박 4일, 그곳에서 직장 생활을 하는 딸의 안내로 편안하고 느긋한 여행이었다. 우리는 맛있는 것을 먹으며 이곳저곳을 돌아다녔다. 현지에서 맛본 스시, 돈까스와 타코야끼는 역시 달랐다. 아무래도 여행의 가장 큰 즐거움은 먹는 것이다. 그리고 유명한 모리 미술관과 도쿄타워를 구경하며, 번화가인 하라주쿠와 긴자거리 빈티지샵을 다녔다. 그토록 조용한 일본 사람들도 술집에서는 친구들과 유쾌한 수다를 떠는 걸 봤다.

하지만 대체로 조용하고 단정한 모습들만 보니, 좀 시끄럽지만 역동적인 우리나라가 그리워지기도 했다. 사람도 지나치게 단정한 사람을 보면 어쩐지 갑갑한 느낌이 드는 것처럼. 나는 딸에게 외국 생활이 외롭지 않느냐고 물었다. 그러자 딸은 괜찮다며, "사람 사는 곳은 어디나 똑같아"라고 어른스럽게 말했다. 어릴 때부터 식구들이 잠자리 들 때면, 시키지 않아도 온 집안의 문단속을 다하고서야 잠들던 아이다. 애늙은이라는 별명이 있을 정도였으니, 야무지게 제 인생을 잘 살아가리라 믿지만 지켜보는 마음이 어쩐지 짠해져오는 건 어쩔 수 없다.

근래 일본 영화를 부쩍 많이 봤다. 주로 고레에다 히로카즈 감독의 영화들인데, 〈아무도 모른다〉, 〈걸어도 걸어도〉, 〈그렇게 아버지가 된다〉 등 잔잔하면서도 참 좋은 영화들이었다. 이제는 세계적인 감독이 된 그의 영화지만, 너무나 섬세하고 잔잔해서 졸음이 오기 일쑤다. 유일하게 졸지 않은 영화가 〈그렇게 아버지가 된다〉 정도인데, 적어도 내가 본 그의 영화중에서는 가장 흥미진진했다.

최근에 "아빠, 또 놀러오세요"라는 대사로 유명해진 CF가 있다. 바로 고레데다 히로카즈 감독 자신의 사연이라 한다. 영화 일로 늘 바쁜 자신에게 딸이 한 말이라는 것이다. 이 말에 충격을 받은 감독은 아버지의 역할을 깊이 고민하게 되었고, 그 결과로 탄생하게 된 것이 바로 이 영화다.

영화에는 두 종류의 아빠가 등장한다. 일본의 미남스타 후쿠야마 마사하루가 연기하는 아버지 '료타'와 소설가로도 이름을 알린 배우 릴리 프랭키가 연기한 아버지 '유다이'다. 6년간 키운 아들이 산부인과에서 서로 바뀌게 된 것을 알고 벌어지는 이야기다. 두 아버지의 성격은 정반대다. 료타는 엄격한 교육에다 훈육에 철저한 엘리트 아버지다. 반대로 유다이는 자유롭고 친구 같은 아버지다. 료타와 달리 벌이도 시원찮고 지극히 서민적인 아빠다. 낳은 정과 기른 정 사이에서 고민하는, 흔한 드라마의 소재인데 감독은 섬세한 손길로 흥미롭고도 감동적으로 영화를 다듬어놓았다. 그리고 아버지 노릇에 대해 진지하게 묻는다. 영화는 유다이의 입을 빌려 말한다. 자식을 키우는 건 시간을 들여야 하는 것이라고. 아버지 노릇을 대신할 수 있는 것은 아무것도 없다고.

영화의 중간 쯤, 바뀐 두 아이들이 적응할 시간을 주기 위해 두 가족이 함께 냇가에 소풍을 가는 장면이 있다. 친구 같은 아빠 유다이가 엘리트 아빠인 료타에게 묻는다. 어린 시절 아버지와 연날리기를 해봤냐고. 료타는 말한다. 자신의 아버지는 그렇게 놀아주는 아버지가 아니었다고. 그러자 유다이가 말한다. 그런 아버지를 흉내 낼 필요는 없지 않냐고. 료타는 생각에 잠긴다. 그렇게 닮고 싶지 않았던 아버지와 자신이 어느덧 닮아있었던 것이다. 마지막 장면을 보면, 가진 것은 별로 없지만 친구처럼 놀아주고 아이와 시간을 보내려는 유다이의 소박한 집을 오래도록 비춘다. 유다이 같은 아버지가 되라고, 가족의 의미가 그런 거라고 말하는 것 같다. 그런 아버지가 되지 못했던 자신에 대한 감독의 속죄인지도 모른다. 자신을 돌아봄으로써, 그렇게 아버지가 되어가는 것이다.

영화는 또 말한다. 꼭 피를 나눠야만 가족이 되는 것은 아니라고. 그렇게 슬며시 다양한 형태의 가족을 보여준다. 그래서 영화의 내용이 더 풍부하고 깊이 있게 다가온다. 사실 가족의 의미를 보다 확장시킨 것이 바로 이 영화의 진짜 가치로 보인다. 칸 영화제에서 심사위원장을 맡은 스티븐 스필버그 감독이 극찬을 하며 리메이크를 하겠다고 한 것도 그 이유가 큰 것 같다. 꼭 피를 나누지 않아도 함께 시간을 보낸 사람들이 가족이라고 영화는 말한다. 이는 메마르고 삭막한 현대사회에 온기를 불어넣을 소중한 대안으로 보인다. 늘 외로움 타령인 내게 이 영화의 메시지는 오래 기억에 남을 것 같다.

그나저나 내 아이들은 이제 너무 커버렸다. 반성 따위도 이미 의미 없어져버릴 만큼. 나는 갓 배운 일본어로 빌어본다. "요로시쿠 오네가이시마스." 내 아이들이 마주할 세상 모든 것에게, "잘 부탁드립니다" 하고 그저 빌 뿐인 것이다. 세상 모든 것은 다 때가 있는 법이다. 그래서 부모 노릇은 그토록 중요한 것일지 모른다. 시기를 놓치면 할 수 있는 게 없으므로.

채플린이 찾은 행복

'모던 타임즈'
찰리 채플린 감독.
1936(미국)

"일생에 한 번은 채플린을 만나라"는 말이 있다. 내가 채플린을 제대로 만난 것은 우리 아이들이 어릴 때였다. 어떤 이유에선지 갑자기 찰리 채플린의 영화들이 담긴 비디오테이프가 잔뜩 집에 들어왔다. 무더운 여름이었다. 아이들과 나는 연신 웃어대며 〈모던 타임즈〉와 〈시티 라이트〉와 〈황금광 시대〉, 그리고 〈위대한 독재자〉를 시간 가는 줄 모르고 봤다. 막연하게 알고 있던 채플린의 영화들이 그렇게 재미있고, 슬프고, 또한 날카로운 주제까지 담고 있다는 걸 그때 알았다. 그해 여름은 채플린과 함께 무더위를 이겨냈던 것 같다.

오랫동안 잊고 지냈던 채플린을 다시 만난 건 몇 년 전이었다. 이유는 잊었지만, 몹시 울적하던 날의 일이었다. 혼자 버스를 타고 미술관에 들렀다. 터벅터벅 기운 없이 걸어 도착한, 평일의 미술관은 사람이 거의 없었다. 조용해서 참 좋다고 여기며 입구에 들어서니, 한쪽 벽면에 채플린의 영화를 틀어놓은 것이 보였다. 〈모던 타임즈〉였다. 소리도 없이 그저 벽에 흑백의 영상을 틀어놓은 것일 뿐이었다. 나는 그 앞에 놓인 의자에 가만히 앉았다. 한참 〈모던 타임즈〉을 보다보니 어느 사이 살짝 눈물이 고였다. 왜 그랬을까? 정확히 어느 장면에서였는지는 기억나지 않는다. 떠돌이 찰리와 길거리 소녀의 우스꽝스러운 모습, 넘어지고, 실수하고, 그러면서도 다시 일어나는 흑백의 움직임이 묘한 슬픔을 불러일으킨 것이었다. 그리고 그 모습은 마음 밑바닥의 어떤 것을 정화시키는 듯했다.

"인생은 가까이서 보면 비극이지만 멀리서 보면 희극이다."

채플린의 말이다. 그래서 그는 멀리서 보려고 노력한다고 한다. 〈모던 타임즈〉의 마지막 장면이 생각난다. 떠돌이 찰리와 소녀가 정처 없이 길을 떠나는 장면이다. 가진 것도 없고, 목적지도 없는 발걸음이지만, 찰리는 소녀에게 웃으라고 말한다. 웃음이야말로 절망을 이겨내는 묘약이라고 한 그의 철학이 담긴 장면이다.

채플린의 대표작인 〈모던 타임즈〉는 그가 유럽 여행 후 얻은 깨달음으로 만든 영화라고 한다. 산업화 시대 이후 기계 부품의 하나로 전락한 인간의 모습을 풍자한 것으로, 그가 기계 속으로 빨려 들어가는 명

장면으로 유명하다. 떠돌이 찰리가 마지막으로 등장하는 영화여서인지, 날카로운 풍자와 웃음 속에 슬픔이 더욱 진하게 배어있다.

'위대한 광대' 찰리 채플린은 어린 시절 지독하게 가난했다. 배우 부모에게서 태어났으나 곧 이혼, 엄마와 함께 자랐다. 하지만 엄마는 정신병을 앓았고, 형과 함께 빈민구호소 신세를 져야했다. 내성적이고 예민한 감수성의 그인지라 상처를 더 잘 받고, 외로움도 많이 탔을 것이다. 어릴 때부터 무대에 선 그는 예술을 한 것이 아니라, 먹고 살기 위해서였다고 말한다. 지독한 밑바닥 생활 덕분에 우리가 알고 있는, 중절모에 콧수염, 꽉 끼는 웃옷과 헐렁한 바지에 큰 구두를 신은 떠돌이 찰리가 탄생된 것이다. 무성영화 시대 최고의 스타라 할 수 있는, 작달막한 키의 이 떠돌이는 바로 채플린의 분신인 것이다.

스타가 된 이후에도 행복은 그와 멀리 있었던 것 같다. 세 번의 결혼과 이혼, 친자 소송, 무엇보다 공산주의자로 몰려 미국에서 추방된 일 등, 불행한 사건이 연달아 계속되었다. 연기, 각본, 감독에 작곡까지 해내는 천재 예술가지만, 한 인간으로서는 그리 행복하지 않았던 것이다. 하지만 운명은 이 뛰어난 예술가에게 불행만 안겨 주지는 않았다. 바로 우나 오닐이라는 여인을 만난 것이다. 채플린이 쉰이 넘어 만난 우나 오닐은 노벨 문학상 수상으로 유명한 극작가 유진 오닐의 딸이다.

후에 채플린은 『나의 자서전』에서 밝히기를 "처음부터 우나를 만났다면 사랑을 찾아 그렇게 방황하는 일은 없었을 것"이라 말한다. 서른이 넘는 나이 차에도 이들의 사랑은 결실을 맺었고, 여덟 명이나 되는 아이를 낳고 기르며 행복하게 살았다. 우나와 아이들과 함께 한 말년의 채플린은 그 어느 때보다 행복해 보인다. 그를 스타로 만든 나라 미국은 그를 버렸지만, 가정이라는 품에서 진정한 행복을 찾았다. 훗날에는 추방령이 해제되고, 아카데미 평생공로상을 받는가하면, 조국인 영국에서도 기사 작위를 받아 '채플린 경'이 되었으니 명예도 회복되는 축복을 누렸다.

한 세기에 나올까 말까한 천재 예술가지만 결국 한 여인의 품에서, 그리고 아이들의 아버지로서 진정한 행복을 찾았던 찰리 채플린. 그를 보며 행복의 조건을 다시 한 번 돌아보게 된다. 우리를 행복하게 하는 건 역시 재능이 아니라 사랑인 것이다.

‘인턴’
냰시 마이어스 감독.
2015(미국)

마음 속 음악이 멈추지 않기를

한 편의 영화가 대사 하나로 기억되는 경우가 있다. 내게 있어 영화 〈인턴〉은 이 대사 하나로 기억된다.

“뮤지션한테 은퇴란 없대요. 음악이 사라지면 멈출 뿐이죠. 제 마음에는 아직 음악이 남아있어요.”

로버트 드니로가 연기하는 70세 ‘벤 휘태커’의 대사다. 40년간 일하던 직장에서 은퇴한 벤 휘태커는 시간이 너무나 많아졌다. 그래서 그의 말대로 “더없이 창조적인 나날”을 보내고 있다. ‘요가, 요리, 중국어, 화초 재배’ 등등 남는 시간을 위해, 온갖 것들을 다 시도해보는 것이다. 하지만 어딘가 허전하다. 아직 "마음에 음악이 남아 있는" 그는 시니어 인턴십 프로그램에 도전한다. 그래서 단기간에 성공을 이룬 30대 CEO '줄스 오스틴' *(앤 해서웨이)* 회사의 인턴이 된다. 처음에는 적응을 못하지만 곧 그는 오랜 직장생활의 노하우와 몸에 밴 친절로 회사 사람 모두가 좋아하는 인기남이 된다.

그러나 깐깐한 완벽주의 CEO 줄스에게 벤은 성가시고 불편한 존재였다. 하지만 그녀 역시 이런저런 일들을 겪으면서 벤에게 마음을 열게 된다. 그리고 뜻밖에 그녀의 삶에 나있던 커다란 구멍이 벤의 도움으로 채워지는 것을 경험하게 된다. 나이와 직급을 뛰어넘는 진정한 친구이자 조언자가 되는 것이다. 진짜 인턴은 벤이 아니라 줄스였던 셈이다. 줄스는 벤에게 인생을 배우는 인턴이었던 것이다.

여자가 울면 자신의 손수건을 꺼내주고, 사과는 문자나 메일이 아니라 직접 얼굴을 보고 해야 한다고 일러주는 벤. 그는 아날로그 세대다. 과거 벤의 회사가, 지금은 사라진 전화번호부 책자를 만드는 회사였다는 것이 상징하는 바는 크다. 그는 늘 정장차림이다. 책상도 단정하게 정리되어있다. 사장님이 퇴근할 때까지 기다렸다 퇴근해야 마음이 편하다. 전화번호부처럼 사람과 사람 사이가 연결되어 있다는 것을 강조한다. 즉 줄스의 회사가 단기간에 성공을 이룬 인터넷 쇼핑몰인 것과 대조를 이룬다. 아날로그 세대의 중후한 매너로 무장한 벤을 보며 줄스는 외친다.

"잭 니콜슨, 해리슨 포드, 벤 같은 옛날 남자들이 훨씬 더 멋진 거 같아!"

사실 이 말은 각본을 쓰고 감독을 한 낸시 마이어스의 말일 것이다. 〈로맨틱 홀리데이〉, 〈사랑할 때 버려야 할 아까운 것들〉과 같은 명품 로맨틱 코미디를 만든 그녀도 어느덧 노년이 되었다. 모든 것이 빠르고 가벼운 디지털 세대를 살아가면서, 자신이 느낀 아날로그 세대의 소중한 가치들을 말하고 싶었던 것 같다. 급속도로 변해가는 디지털 시대에서 놓치기 쉬운 가치들을 한번쯤 되돌아보게 된다. 어느덧 노년에 이른 감독 자신의 경험과 지혜, 그리고 소망이 녹아있는 것이다.

힐링이라는 표현에 알맞은 영화다. 사람냄새 물씬 나는 이야기가 따뜻한 기운을 전해준다. 그리고 벤처럼 멋지게 나이 들고 싶다는 생각이 저절로 들게 한다. 하지만 이 영화가 개봉되었을 때 우리나라에서는 인기가 높았지만, 다른 나라에선 평가가 별로 좋지 않았다고 한다. 영화가 비현실적이라는 이유다. 하지만 나는 영화 속에서나마 벤같이 멋진 노년의 롤모델이 있어 참 좋다는 생각을 한다. 냉정한 현실 속에서 우리를 위로할 약간의 판타지가 때로는 필요하기 때문이다. 세상 모든 남자들이 그처럼 잘 늙어 간다면 얼마나 좋을까? 그와 동시에, 멋지게 나이든 분들의 지혜와 성숙함을 얼른 알아차리는 젊은 세대가 많기를 진정 바란다.

제임스 딘 주연의 청춘 영화 〈이유 없는 반항〉을 보면, 반항의 이유가 바로 이것임을 알 수 있다. 그들은 본받고 싶은 어른이 필요했던 것이다. 제임스 딘은 아버지에게 길을 가르쳐 달라고 애타게 말한다. 하지만 그의 아버지는 그것을 가르쳐주지 못했다. 세상에 이유 없는 반항은 없다. 우리에겐 그저 나이만 먹은 어른이 아니라, 본받을만한 '진짜 어른'이 필요한 것이다. 그러기에 영화 〈인턴〉에서 앤 해서웨이가 로버트 드니로에게 말한다.

"진짜 어른과 어른 같은 대화를 하는 것 같아요."

주변을 돌아보며 생각해본다. 본받을만한 진짜 어른이 있는지. 하지만 쉽게 떠오르지 않는다. 이런 멋진 노인은 영화 속에만 있는 것일까? 아마도 내가 눈여겨보지 않아서인지 모른다. 노년이 훨씬 멋진 인물로는 '지미 카터'를 꼽을 수 있다. 그는 최악의 대통령에서 퇴임 후 최고의 대통령으로 유명세를 떨치고 있다. 평화와 인권을 위해 끊임없이 노력한 결과로 노벨평화상에 빛나는 분이다. 그는 퇴임 후에도, 노년에도 할 일이 너무나 많다는 걸 가르쳐준다.

몇 해 전, 미국의사협회에서 노화에 관한 연구 결과를 발표했다. 그 보고서에 따르면 노화의 첫 번째 원인은 "늙었다고 생각하는 마음"이라고 한다. 노화에 대한 두려움이 바로 노화를 촉진시킨다는 것. 역시 모든 것은 마음먹기에 달린 모양이다. 누구도 세월의 흐름을 막을 수는 없지만, 보다 멋지게 나이 드는 방법은 있는 것이다.

미국의 여류시인 K. W. 베이커의 '아름답게 나이 들게 하소서'라고 노래한 시가 있다. 그 시에는 "오래된 나무에 치유력이 있고, 오래된 거리에 영화(榮華)가 깃들듯" 이라는 표현이 있다. 어떻게 하면 우리 모두 그처럼 아름답게 나이들 수 있을까? 그것은 결국 내면을 선하고 아름다운 것들로 채워나가는 것일 거다. 그리고 수많은 세월을 지내고 얻은 지혜와 연륜의 힘으로 내게 있는 걸 베풀고 나누어주는 것일 거다. 그럴 때 '오래된 나무'처럼 '오래된 거리'처럼 아름답고 기품 있게 나이 들 수 있으리라. 바로 벤과 같은 진짜 어른이.

나는 간절히 소망한다. 아름답게 나이 들기를, 그리고 살아있는 한, 내 마음속 음악이 멈추지 않기를.

고전 명작이 재개봉되어야 하는 이유

'사운드 오브 뮤직'
버트 와이즈 감독.
1965, 2017 재개봉(미국)

음악은 우리를 위로한다. 외로울 때, 슬플 때, 기쁠 때를 음악은 놀랍도록 알아차린다. 외로울 때, 슬플 때는 기쁘고 흥겨운 음악이 와 닿지 않는다. 기쁠 때는 슬픈 음악에 거부감을 느낀다. 이렇게 음악은 우리의 감정을 기막히게 알아차린다. 음악의 신은 기쁨을 더 크게 만들고, 슬픔이나 외로움은 위로하고 마음을 감싼다. 음악영화가 사랑을 많이 받는 데에는 다 이유가 있는 것이다.

〈사운드 오브 뮤직〉은 음악 영화 중에서도 가장 널리 사랑을 받은 영화다. 남녀노소 모두에게 이토록 많은 사랑을 받은 영화도 없는 것 같다. 한 영화 안에서 이렇게 많은 히트곡들이 쏟아져 나온 적도 없다. 몇 번이고 다시 봐도 여전히 마음이 따뜻해지고 행복해진다. 최근까지 재개봉되는 이유도 그것 때문일 것이다. 영화 내내 아름답고 멋진 곡들의 향연으로 가득하다. 지금도 눈을 감으면 맑고 청아한 줄리 앤드류스의 목소리가 귓가에 들리는 듯하다. 영화는 많고 많지만 이렇게 마음을 행복하게 하는 영화는 드문 것 같다.

영화는 마리아 폰 트랩 여사의 수기 『트랩 가 합창단이야기』가 원작이다. 실화에 바탕을 두고 있다는 사실이 재미있다. 말괄량이 수녀 마리아가 일곱 아이들의 가정교사로 들어와 폰 트랩 대령과 사랑에 빠진다. 그리고 일곱 아이들의 엄마가 된다는 영화 같은 이야기가 실화라는 것이 놀랍다. 그리고 나치 치하가 된 조국 오스트리아에서 탈출하여 망명한다는 사실까지. 너무나 영화적인 스토리와 사랑스러운 음악들이 어울려 최고의 명작 뮤지컬 영화로 탄생했다.

영화의 일등공신은 작사, 작곡을 한 리차드 로저스와 오스카 해머스타인 2세일 것이다. 브로드웨이 뮤지컬의 황금콤비인 이들 덕택에 주옥같은 가사와 멜로디의 명곡들이 탄생했다. 유쾌한 노래들로 가득하지만, 특히 마음 깊이 와 닿는 노래가 있다. 혼란스러워하는 마리아에게 원장 수녀님이 들려주는 노래다. "모든 산을 오르고 여러 강줄기를 따라 무지개를 좇아요. 네 꿈을 이룰 때까지"라고 노래한다. 이 노래는 마치 주제가처럼 영화의 마지막을 장식하기도 한다. 들을 때마다 가슴을 벅차게 하는 노래다.

〈사운드 오브 뮤직〉을 보고나서였다. 실화임을 말하면서, 실제 마리아는 생활고에 시달렸다고 하자 함께 본 친구가 말했다. 영화는 이토록 아름다운데 현실이 그렇다니, 모르는 게 나을 뻔했다고. 나이 많은 남자(*아이도 일곱인*)와 결혼한 마리아가 불쌍하다고 했다. 실제로도 폰트랩 대령이 그렇게 잘 생겼냐고도 물었지만 답할 길은 없었다. 현실의 마리아는 씩씩한 여장부였다고 하니, 자신의 길을 용감하게 잘 헤쳐 나갔을 거라고 믿을 뿐이다. 그리고 무엇보다도 '가족 합창단'으로 공연을 다닌 그녀의 곁에는 늘 음악이 있었으니, 아마도 행복한 삶을 살았을 것이다. 힘들 때마다 "한쪽 문이 닫히면 다른 쪽 문이 열린다"는 원장 수녀님의 말을 기억하고 살지 않았을까? 영화 속 대사일 뿐이라고 믿고 싶지는 않다.

며칠 전 혼자 영화관에 갔을 때였다. 대형 스크린에 아름다운 화면과 음악들, 스타 배우들의 연기로 가득했는데, 끝나고 나니 어쩐지 허전했다. 중요한 것은 큰 화면도, 화려한 영상과 음악도, 스타 연기자도 아니라는 것을 새삼 깨달았다. 마음을 움직이는 내용이나 진정성이 없으면 무의미하다는 것을 다시 한 번 알게 되었다. 영화의 기술이나 기교는 눈부시게 발전했는데, 정작 우리가 잃어버린 것은 무엇일까?

볼만한 영화가 없을 때는 추억의 고전명작을 찾아보는 것이 훨씬 좋다는 생각을 다시 한 번 해본다. 얼마 전, 1942년에 제작된 영화 〈카사블랑카〉를 봤다. 멋과 낭만이 가득한, 오래된 흑백영화를 다시 보는데 신기했다. 며칠 간 피곤하고 힘들었던 마음이 아주 맑아지는 듯 했다. 온몸을 묵직하게 하던 몸살기까지 말끔해졌다면 과장으로 들릴까? 하지만 모든 것은 마음이다. 마음이 맑아지니 몸도 어느새 개운해진 것이다. 모든 것이 발전된 요즘 이렇게 마음을 정화시키는 영화를 찾을 수 있을지는 의문이다. 〈사운드 오브 뮤직〉과 같은 명작영화가 계속 재개봉되어야 하는 이유다.

마지막까지 아름다웠던 오드리 헵번

'티파니에서 아침을'
블레이크 에드워즈 감독.
1961, 2012 재개봉(미국)

『나의 인생은 영화관에서 시작되었다』라는 영화 에세이집이 있다. 『로마인 이야기』로 유명한 시오노 나나미가 쓴 책으로, 그녀가 본 50여 편의 영화에 대한 감상들이 담담한 필치로 담겨있다. 주로 고전영화들인데, 표지에는 〈로마의 휴일〉의 한 장면, 오드리 헵번과 그레고리 펙의 춤추는 모습이 들어가 있다.

시오노 나나미는 오드리 헵번에 대해 말하기를, "아름답고 화사하고 연기도 산뜻하지만, 그녀가 연기하는 여인들에 대해서는 공감할 수 없다"고 한다. 대부분 '신데렐라 증후군'에서 벗어나지 못한 배역들이라는 것이다. 그런데 〈티파니에서 아침을〉에 대해서는 한 마디도 없다. 아마 그녀는 이 영화를 보지 못했음이 분명하다. 봤더라면 분명히 언급

하고 지나갔을 만큼, 독특하고 독립적인 인물인데 말이다. 오래전 이 영화를 처음 봤을 때, 우선 몹시 재미가 있는데다 주인공이 자유분방한, 매우 현대적인 인물이라는 것에 놀랐던 기억이 있다.

영화가 시작되면 저 유명한 주제가 '문 리버'가 흘러나오고, '지방시'의 블랙드레스를 입은 오드리 헵번이 천천히 걸어 나온다. 손에는 커피와 크로와상을 들고, 보석상 '티파니' 앞에서 구경을 한다. 헵번이 연기하는 '홀리 골라이틀리'는 순종적이고 고분고분한 여인상과는 거리가 멀다. 구속을 싫어하고, 한 남자에게 종속되는 것을 싫어한다. 시대를 생각해보면 꽤 혁명적인 일이고, 지탄받을 만한 캐릭터이다. 하지만 오드리 헵번이 연기함으로 '타락한 여인(?)'이 사랑받을만한 여인으로 세탁(?)될 수 있었다. 원작인 트루먼 카포티의 소설은 훨씬 어둡고 냉소적이라고 한다. 그럼에도 영화는 보는 이 모두가 행복해질 수 있는 해피엔딩으로 바꾸어놓았다. 자유롭고자 하는 홀리에게, 조지 페파드가 연기하는 작가 폴이 말한다. "우리 모두는 사랑하는 이에게 소속되고 길들여지면서 사는 것"이라고. 그렇게 보편타당한 가치를 이야기하며, 사랑이 이루어지는 결말이 관객을 행복하게 한다.

이 영화를 생각하면 원작자, 『인 콜드 블러드』로 유명한 소설가 트루먼 카포티를 말하지 않을 수 없다. 자유분방한 홀리의 모델이 실은 카포티의 엄마였다는 말이 있다. 어린 자신을 두고 훌쩍 떠났다 다시 돌아오기를 반복하던 엄마로 인해, 그는 평생 모성결핍에 시달린 인물이었다. 카포티는 사교계의 명사였고, 할리우드에서 스타였지만 평생

독신으로 지낸 동성연애자로 알려져 있다. 그리고 작가로서의 성공과 상관없이 끝내 약물과 알콜 중독으로 인한 합병증으로 사망한 불행한 인물이었다. 어린 시절의 지독한 애정결핍으로 인한 방황이 비극의 씨앗이 아니었을까.

이에 비해 오드리 헵번은 어린 시절 가출한 아버지로 인해 부성결핍에 시달린 사람이다. 12살 연상의 배우 멜 화라와 결혼한 것도 이와 무관하지 않을 것이다. 두 번의 결혼생활 역시 별로 행복하지 않았고, 이혼으로 끝났다. 하지만 그녀는 어린 시절의 굶주림과 아픔을 봉사로 승화시켰다. 유니세프 친선대사로 굶주린 아프리카 아이들을 도왔던 말년의 모습을 우리는 기억하고 있다. 겉모습 뿐 아니라 내면도 아름다웠던 그녀였기에 더욱 사랑받는 불멸의 배우가 된 것이다. 그녀의 아들도 엄마의 뒤를 이어 그녀가 만든 재단에서 뜻을 계속하고 있다는 소식이 더욱 마음을 따뜻하게 한다. 시오노 나나미는 말했다. 오드리 헵번이 맡은 배역들은 공감할 수 없지만, 인간으로서의 그녀는 무척 마음에 든다고. 그녀는 맡은 배역들과 다르게 '신데렐라 증후군'에 속한 여자가 아니었다는 거다. 생각해보면 그것은 어린 시절의 지독한 굶주림과 결핍을 잊지 않았고, 그때 자신이 받았던 도움을 기억하고 뒷날 되돌려 주었기 때문일 것이다.

지금도 우리 앞에는 수많은 영화와 연기자들이 나타났다 사라진다. 영화라는 게 결국 인생 이야기고, 사람에 대한 이야기라면 그 안에는 연기하는 배우들의 내면도 담겨 있을 것이다. 단순히 연기만 하는 게 아니라, 거기에는 자신의 살아온 모습도 담겨져 있지 않나 생각해본다. 오드리 헵번의 경우처럼 말이다. 그런데 어디 연기자만 그럴까. 나이 들수록 우리는 지나온 삶들이 얼굴에 드러나는 것을 본다. 연륜이 흐를수록 우리는 밖으로 드러나는 모습에도 책임을 져야할 것이다. 마지막까지 아름다웠던 오드리 헵번처럼.

'그녀, 잉그리드 버그만'

스티그 비요크만 감독.

2015(스웨덴)

잉그리드 버그만의 숨겨진 이야기

영화 〈라라랜드〉는 고전영화에 대한 오마주로 가득했다. 주인공 미아와 세바스찬의 첫 데이트 장소는 영화 〈이유 없는 반항〉을 상영하는 극장이었다. 뒷날, 세바스찬이 운영하는 카페에서 둘이 마주치는 것은 영화 〈카사블랑카〉를 닮았다. 탭댄스를 추며 두 주인공이 노래하는 장면은 프레드 아스테어 주연의 〈밴드 웨곤〉을 연상시킨다. 그리고 무엇보다도 배우 지망생인 미아의 방에는 잉그리드 버그만의 대형 사진이 걸려있었다.

역대 할리우드 여배우의 순위를 꼽는다면 상위권에 반드시 들어갈 배우 잉그리드 버그만. 스웨덴 영화계에서 활약하던 그녀가 할리우드 제작자의 눈에 띄어 미국으로 진출했을 때의 나이는 스물넷, 스웨덴인 남편과의 사이에서 딸 하나를 낳은 직후였다. 할리우드로 건너와 〈가스등〉으로 아카데미 여우주연상을 받은 그녀는 세기의 스캔들에 휩싸이게 된다. '네오리얼리즘의 거장'이라는 이탈리아 감독, 로베르토 로셀리니와의 관계 때문이었다. 감독의 영화 두 편을 본 그녀는 함께 작업하고 싶다는 편지를 보낸다. 결국 영화를 찍으며 사랑에 빠진 그녀는 임신을 해서 미국의 보수층을 발칵 뒤집히게 한다. 둘 다 가정을 가진 사람이었기 때문이다. 둘은 결국 결혼을 하게 되지만 할리우드는 그들을 용서하지 않았다.

로셀리니 감독과의 사이에서 아이 셋을 낳은 그녀는 뒷날 결국 파경을 맞게 된다. 할리우드로 복귀하여 〈아나스타샤〉로 다시 한 번 여우주연상을 수상하며 재기에 성공한다. 그래서 그녀는 "나는 성녀에서 창녀가 되었다가 다시 성녀가 되었다. 단 한 번의 인생에서"라는 유명한 말을 남긴다.

잉그리드 버그만의 내밀한 이야기가 들어있는 영화 〈그녀, 잉그리드 버그만〉은 다큐멘터리다. 배우가 된 딸, 이사벨라 로셀리니의 의뢰로 만들어졌다고 한다. 잉그리드 버그만이 쓴 일기와 편지를 비롯해서 홈비디오로 촬영하기를 좋아했던 그녀가 찍은 영상들이 풍부하게 담겨있다. 배우 알리시아 비칸데르의 목소리로 들려주는 일기와 편지를 따라가다 보면, 청초하게만 보이는 그녀의 모습 어디에 그렇게 열정적이고 거침없는 면이 있었을까 하는 생각이 든다.

영화보다 더 드라마틱한 삶을 살았던 그녀는 58세에 유방암 진단을 받는다. 그리고 몇 년 뒤, 스웨덴의 거장 잉그마르 베르히만 감독의 부름을 받는다. 병마에 시달리면서도 그녀의 삶을 꼭 닮은 영화 〈가을 소나타〉를 찍는다. 잉그리드 버그만이 연기한 샬롯은 나이 든 피아니스트다. 그녀는 예술을 위해 가정을 버린 사람이다. 잉그리드 버그만이 첫 번째 남편과 딸을 떠난 것을 연상시킨다. 7년 만에 만난 딸 에바는 엄마에게 그리움과 원망이 뒤섞인 분노를 퍼붓고, 샬롯은 어쩔 줄 모른다. 자신의 인생과 딸을 제대로 껴안지 못한 샬롯은 다시 한 번 황망하게 떠나버린다. 결국 그런 엄마를 다시 품는 것은 딸 에바다. 딸은 엄마를 향한 화해의 편지를 쓴다.

〈가을 소나타〉라는 영화가 없었다면 잉그리드 버그만은 스캔들 많은, 화려한 옛 스타에 불과했을 지도 모른다. 하지만 그녀는 영화를 통해 자신의 과거 앞에 정직하게 마주섰다. 배우로서, 여인으로서, 무엇보다 엄마로서의 자신을 거울 앞에 세웠다. 엄마의 품이 그리워 몸부림쳤다는 딸의 고백을 듣노라면, 감독이 잔인하다는 생각이 들 정도다. 잉그리드 버그만은 어땠을까? 어쩌면 그것은 그녀의 고해성사였는지도 모르겠다. 그리고 그것은 그녀의 생애 마지막 작품이 되었다.

"한 일보다는 하지 않은 일을 후회 한다"고 말한 잉그리드 버그만. 이제 성인이 된 딸은 웃으며 말한다. "우리는 그토록 엄마를 그리워했는데, 엄마는 후회가 없다니..." 배우가 된 또 다른 딸 이사벨라 로셀리니는 말한다.

"엄마는 우리도 그렇게 인생과 일을 사랑하며 살기를 바란 것 같아요."

그녀는 배우로서, 여인으로서 자기 앞에 놓인 삶을 최선을 다해 살고 사랑한 아름다운 사람이었다.

"나에게서 연기를 빼앗는다면 숨을 빼앗는 것이다"라고 말했다는 잉그리드 버그만. 마지막까지 배우이기를 원했던 그녀를, 세상은 가장 아름다운 배우의 한 사람으로 기억한다.

제 68회 칸 영화제의 포스터는 잉그리드 버그만의 얼굴이었다. 그녀가 태어난 지 꼭 백년이 되는 해였다.

'화양연화'

왕가위 감독.

2000(홍콩, 프랑스)

그리움을 그리워하다

가을이 깊어간다. 검붉은 나뭇잎 하나가 팔랑이며 바람에 떨어진다. 창밖을 내다보며, 가을의 아름다움에 감탄하다가 이 계절에 어울리는 영화를 한 편 고른다. 〈화양연화〉. 오래 전에 보고, 큰 감흥은 없었던 영화다. 왕가위 감독은 지나친 스타일리스트라는 생각에, 그의 영화들은 유명세에 비해 애써 챙겨보지 않았다. 그런데 이번에는 이상했다. 가을이어선지, 나이 탓인지 영화를 보고나니 마음이 한없이 슬퍼졌다. 장만옥의 단아한 얼굴도 슬프고, 양조위의 쓸쓸한 눈빛도 슬펐다. 냇킹 콜의 음악도, 주인공들의 느린 걸음걸이도 슬프고, 심지어 내리는 빗방울까지도 슬펐다. 아무래도 나이 탓일까?

영화가 끝나고 나서는 생각했다. '저렇게 아프고 슬픈데, 저 시절이

화양연화란 말야?'라고. 화양연화, 가장 빛나고 행복한 시절. 그것은 어쩌면 가장 그리운 시절을 말하는 건지 모른다. 그리움의 대상이 있는 시절, 얼마나 괴로웠든, 얼마나 아프고 슬펐든 간에 아쉽고 안타까워서 더 그리운 시절.

나의 '화양연화'는 언제였을까? 우리 집이 약국을 하던 어린 시절, 깨끗이 씻긴 젖먹이 막내 동생을 등에 업고 달콤한 사탕 하나를 입에 문 채, 약국 앞에서 느끼던 행복감. 그것은 내가 행복을 인식했던 최초의 기억이다. '아, 행복해' 하고 속으로 중얼거리던 어린 나. 그것은 아마 엄마를 도와주던 맏이로서의 뿌듯함이었을 것이다. 다음 기억은 가장 발랄했던 중학교 무렵, 쉬는 시간이면 친구들에게 어제 읽은 탐정소설을 들려주던 것, 또는 학교 강당에서 노래를 부르며 뛰어다니던 것. 발랄함과 수줍음 사이를 극단적으로 오가던 그 시절이 그립다. 아무런 걱정이 없었던 때다.

아버지의 사업이 실패했던 고등학교, 대학교 때는 아무래도 아픔으로 더 기억된다. 대학 시절, 연극을 하던 그 때도 나의 '화양연화'였을까? 아무래도 남편을 만나 캠퍼스에서 연애하던 시절일까? 한창 생각에 잠겨있는데, 전화벨이 울린다. 여동생이다.

내성적이고 혼자 있기 좋아하는 나와 여동생은 좀 다르다. 발랄하고 적극적이고, 꽤 행동파다. 그리고 많은 일을 아주 열심히 한다. 그런데도 자신이 늘 부족하고 하는 일이 없다고 말한다. 동생의 그 열정적인 삶은 볼 때마다 나를 놀라게 한다*(끊임없이 망설이고, 행동하지 못하는*

내가 열등감을 느낄 만큼). 나이에 비해 훨씬 어려보이고 예쁜 동생은 정이 많아 베풀기를 잘하고, 부모님께도 잘하는 효심 깊은 딸이다. 신앙심도 뜨겁고 봉사도 많이 한다. 이렇게 멋지고 예쁜 동생에게 조금 안타까운 건, 아직도 무언가를 찾고 있는 것으로 보인다는 거다. 진정 만족하는 뭔가를 아직 못 찾았다는 것이다. 그토록 많은 일을 하고, 늘 새로운 일을 시도하는 이유일 것이다. 이것은 동생만의 문제가 아니다. 이토록 열심히 살고, 바쁘게 움직이는데, 우리는 왜 깊은 만족이 없을까? 이것은 이 땅에서는 이루지 못할 그 무엇일까?

그렇다면 나는 어떤가? 아이들도 품을 떠나 각자의 길을 가고 있고, 남편도 원하는 대로 잘 살고 있고, 좋아하는 일로 용돈 정도는 벌고 있으며, 많은 것이 자유로운 지금 내게는 깊은 만족이 있는가?

모든 현자들은 말한다. '화양연화'는 지금이라고. 과거를 그리워하지 말라고. 하지만 그리움의 대상은 과거의 것, 지나온 것이다. 현재가 될 수는 없다. 가장 좋은 시절이 지금이란 것은 진리이지만, 과거에 대한 그리움을 안고 사는 것이 또한 인간의 운명인지 모른다. 우리는 늘 무언가를 찾아 헤매는 존재지만, 이 땅에서는 참된 만족이란 없다는 것 또한 진리일 것이다. 우리는 무언가를 이루게 되면, 그것이 별 게 아님을 알고, 또 다른 것을 찾아 헤맨다.

〈화양연화〉의 초 모완과 수 리첸은 이웃이다. 각자 자신의 배우자가 불륜 관계인 것을 알고, 괴로워하다가 어느 사이 정이 들고 사랑을 느낀다. 우리는 저들과 달라야 한다며, 끝까지 자신의 자리를 지키려고 한다. 이들의 가슴 아픈 사랑은 이루어지지 않는다. 각자의 사랑을 가슴에 묻고 서로의 갈 길을 간다.

이들의 사랑이 이루어졌다면 어땠을까? 내내 행복했을지 불행했을지는 모르지만, 적어도 그 시절을 그토록 가슴 저리게, 아름답게 기억하지는 않을 것이다. 바로 곁에 있는 이는 더 이상 그리움의 대상이 아니므로.

우리 인생에 깊은 만족이란 끝내 찾을 수 없다는 것을 이제 인정해야 할까보다. 이루지 못한 것들에 대한 그리움을 안고, 그저 살아가는 것이다. 그러므로 우리는 시인이 노래한 것처럼 “눈이 부시게 푸르른 날은 그리운 사람을 그리워하며” 살아가면 되는 것이다. 지나간 것은 아름답다고, 모두가 ‘화양연화’였다고, 조금은 과장되게 기억하여도 좋으리. 그리고 오늘은 그저 담담하게 또 하루를 살면 되는 것이다.

이제 곧 겨울이다. 겨울은 무언가를 찾아 헤매는 것보다, 조용히 난롯가에 앉아 지난 시절을 그리워하는 것이 더 어울릴 것이다.

영혼의 허기를 채울 시간

'리틀 포레스트'
임순례 감독.
2018(한국)

언젠가 '먹고 기도하고 사랑하라'는 말이 유행했던 적이 있다. 엘리자베스 길버트가 쓴 자전적 소설의 제목인데, 줄리아 로버츠 주연의 영화로도 만들어져 흥행했다. 이혼 후 지칠 대로 지친 주인공이 모든 것을 버리고 이탈리아, 인도, 인도네시아를 여행하며 행복을 찾는다는 내용으로, 보통의 우리에겐 다소 꿈같은 이야기다. 하지만 무엇보다 먹는 것이 첫째라는 것만큼은 분명히 가르쳐준다. 기도도, 사랑도 그 다음인 것이다.

도시에서 편의점 아르바이트를 하며 임용고시를 준비하던 혜원은 불쑥 고향에 내려온다. 이유는 '배가 고파서'였다. 임용고시에 떨어지고, 편의점 도시락으로 허기를 때우던 혜원은 도시락을 삼키지 못하고 뱉어내고 만다. 인스턴트 음식은 그녀의 정신적 허기를 메우지 못했던 것이다.

비어 있는 고향집에서 그녀는 남아 있는 한 줌의 쌀로 밥을 한다. 그리고 꽁꽁 얼어 있는 밭에서 배추를 뽑아 된장국을 끓인다. 밥과 된장국이 고향에서의 첫 끼였다. 두 번째 음식은 칼칼한 수제비와 배추 부침개였고, 그것들은 그녀의 정신적 허기를 메우기에 충분했다. 그리고 그 곳에는 "잘 왔어. 보고 싶었어" 라고 말하며 두 팔로 안아주는 친구가 있었다. 그리고 혼자 지내기 무서울까봐 강아지를 내려놓고 가는 남자*(인)* 친구가 있었다.

혜원은 음식을 만들어 친구들과 나누어 먹는다. 막걸리를 빚어*(놀랍게도)* 마시고, 시루떡을 쪄서 먹는다. 봄이 오자 꽃잎이 가득한 파스타를 만들고, 여름에는 친구와 함께 다슬기를 잡는다. 가을에는 밤조림을 만들어 먹는다. 그것들은 혜원의 지친 마음을 만지는 '소울 푸드'였다. 곧 올라가겠다던 혜원은 그곳에서 사계절을 난다.

임순례 감독의 영화 〈리틀 포레스트〉는 이가라시 다이스케의 만화가 원작이다. 일본에서는 〈여름과 가을〉, 〈겨울과 봄〉 두 편이 영화로 만들어졌다. 일본판이 심심하리만치 음식과 자연에 집중했다면, 한국판은 좀 더 스토리가 있다. 미학적인 면에서 보자면 아마도 일본판에 더 점수를 주어야 할 것이다. 하지만 한국판의 미덕은 끈끈한 정과 사람이 있다는 것, 함께 먹는 것의 즐거움을 강조했다고 할 수 있다. 엄마와의 관계도 좀 더 친절하게 설명이 되어있다. 배우 문소리가 연기하는 혜원의 엄마는 참 멋지지만, 꽤나 비현실적이다. 자식의 수능이 끝났다고 자신의 삶을 찾아 훌쩍 떠나는 엄마가 우리나라에 몇이나 될까. 임용고시를 준비하던 20대 아가씨가 온갖 음식을 척척 해내는 것만큼이나 비현실적이다. 결국은 이 영화도 다분히 판타지의 성격을 띠고 있는 것이다.

문득 『그대 다시는 고향에 가지 못하리』라는 소설 제목이 생각난다. 고향에 비어 있는 집이 있고, "잘 왔다. 보고 싶었다"며 두 팔 벌려 안아주는 친구가 있고, 그 곳에서 먹고 싶은 음식을 척척 해낼 수 있는 이 모두가 이미 우리에겐 꿈같은 일이다. 류준열이 연기하는 혜원의 친구 재하도 현실적인 인물은 아니다. 수많은 영화의 주인공이 그렇듯 사표를 던지고, 고향에 내려와 아버지의 땅에서 농사를 짓는 청년. 이 영화를 보고, 치열한 대한민국의 청춘들은 과연 기대만큼의 위로를 받았을까?

사실 일본판 〈리틀 포레스트〉에는 치열한 고민은 없다. 그 곳 사람들이 그렇듯 영화도, 자연도 조용하기만 하다. 친구와 함께 음식 만드는 일도 조용조용하게 한다. 하지만 우리는 왁자지껄하게 관계를 맺고, 음식을 만든다. 청춘들의 삶이 치열한 만큼 고민도 치열하고 진지하다. 함께 떠들며 음식과 술을 먹고 마시며 즐거워한다. 고단한 삶이지만, 사람 냄새가 더 진하게 난다. 두 영화를 비교해보면 각각 그 나라의 특색이 담겨있는 점이 흥미롭다. 영화에 등장하는 고유의 음식들을 비교해보는 것도 무척 재미있다.

영화 〈리틀 포레스트〉를 다 보고 나서 나는, 아주 오랜만에 얼갈이 배추를 사다가 물김치를 담갔다. 아삭거리는 식감이 그리워 오이소박이도 만들었다. 그리고는 요리법을 찾아 다슬기를 듬뿍 넣고 국을 끓였다. 내가 사는 곳에서는 고디탕이라 불리는 다슬기 해장국이다. 장보러 나갔더니 시골에서 잡았다는 다슬기가 눈에 띄었다. 비록 냉동한 채였지만, 나는 반가운 마음에 얼른 집어 들었다. 아무래도 영화 속 다슬기 잡는 풍경이 너무 정다워 보였기 때문인 것 같다. 여름날, 한밤중에 친구와 다슬기를 잡는 장면은 영화 속 가장 아름다운 장면의 하나다.

정성껏 요리를 하고나자, 나는 어쩐지 정갈한 마음이 되었다. 요리를 하는 일이 귀찮거나 힘든 노동이 아니라 신성한 행위로까지 여겨졌다. 삶을 사랑하는 이만이 즐겨 요리를 할 거라는 생각까지 들었다. 세상에는 요리를 잘하거나 좋아하는 사람, 그리고 요리를 좋아하지 않거나 못하는 사람으로 나뉠 것인데, 사실 나는 후자 쪽이다. 앞으로는 바뀔지도 모르겠다는 기분 좋은 예감이 든다. 정성이 들어간 음식이니 어느 때보다 맛이 좋은 것은 물론이다.

〈리틀 포레스트〉는 기쁜 마음으로 부엌일을 하게 만들었다. 그래서 완성도를 불문하고 그 어떤 명작 영화보다 소중하게 마음에 남는 영화가 됐다. 기쁘게 요리를 하고, 청소를 하고, 다림질까지 하게 만들었다. 영화를 보고, 요리를 했을 뿐인데, 이렇게 마음이 맑아지다니… 요리를, 음식을 사랑한다는 것은 삶을 사랑한다는 것과 동의어인 모양이다.

『내가 사랑한 지중해』는 시인 장석주가 그리스와 터키를 여행하고 나서 쓴 책이다. 이 책에서 그는 이렇게 썼다.

“무엇을 먹느냐가 중요하지만, 누구와 어떻게 먹느냐 하는 것도 중요하다. 먹고 마시는 일을 즐거워하라. 그러기 위해 우선 음식에 대한 즐거운 기대를 가질 것, 음식이 혀의 미각 돌기에 닿을 때의 느낌을 상상할 것, 먹는 즐거움을 더 오래 지속하려면 오래 씹을 것, 탐식을 삼가고, 적당할 때 멈출 것, 품위 있게 음식을 먹을 것, 음식에 대한 경의를 표할 것…”

이 정도면 먹는다는 것은 단지 배고픔을 해결하는 행위가 아니다. 먹는 것이 곧 인생을 대하는 태도이고, 살아가는 방식인 것이다. 하지만 그렇다고 해서 음식에 지나치게 집착하지는 말 일이다. 옛 글(주역)에도 “위장을 6할만 채우면 무병장수 한다”고 했다.

『소박한 밥상』을 펴냈던 헬렌 니어링은 말했다.

“식사를 간단히, 더 간단히, 이루 말할 수 없이 간단히 준비하자. 그리고 거기서 아낀 시간과 에너지는 시를 쓰고, 음악을 즐기고, 자연과 대화하고, 친구를 만나는 데 쓰자.”

음식에 어느 만큼의 분량을 할애할 지는 각자의 선택이다. 우리는 오늘도 한 끼의 음식을 먹는다. 간단히 먹든, 푸짐하게 먹든 중요한 것은 감사히 먹고, 즐겁게 먹는 것이리라. 오늘 내 앞에 놓인 것이 편의점 음식일지언정.

Picture

THREE

삶은 때론 견디는 것

"기자라면 좋은 사람이란 칭찬 듣기를 기대하지 말라"는 게 어느 전설적인 여기자의 충고다.

인생의 품위

'다가오는 것들'
미아 한센-러브 감독.
2016(프랑스)

어떤 드라마나 영화보다 뉴스를 더 열심히 보던 때가 있었다. 영화보다 더 영화 같은 현실 때문에 영화 관람은 아예 뒷전이었다. 나라 걱정을 너무 해서인지 그만 몸살이 났다. 며칠을 앓다 문득 이렇게 뉴스에만 초점을 맞춘 채 생활이 흐트러져서는 안 되겠다 싶었다. 조금은 여유를 가지고 할 일을 해야겠다는 생각이 든 것이다. 그러고는 평소처럼 저녁을 먹고, 한 편의 영화를 봤다. 오랜만에 고르고 골라서 본 영화였다.

영화를 다 보고난 느낌은 한 마디로 '영화가 참 품위가 있구나'라는 것이었다. 그리고 나도 이자벨 위페르가 연기하는 나탈리, 그녀처럼 살고 싶어졌다. 이제 겨우 서른다섯이라는 감독, 미아 한센-러브는 어쩌면 이렇게 인생을 깊이 바라보는 영화를 찍을 수 있을까? 영화를 보고나니, 기막힌 현실 때문에 소진되었던 에너지가 조금씩 고이는 듯 했다. 이 영화의 무엇이 내 안에 고갈되었던 힘을 솟아나게 한 것일까?

고등학교 철학교사인 나탈리는 누구보다 열심히 사는 사람이다. 그리고 늘 책을 손에서 놓지 않는다. 교사로서, 주부로서 최선을 다한다. 품안의 아이들은 떠나고, 늘 곁을 지켜줄 것 같은 남편도 그녀 곁을 떠난다. 자신을 의지하던 어머니도 죽었다. 그녀는 혼자다. 그녀가 쓴 철학 교재도 유행에 뒤떨어지고, 아끼던 제자도 조금씩 멀어진다. 하지만 그녀는 말한다. 이제는 정말 자유라고. 이건 낙원이라고. 밤에는 홀로 울지만, 또 학생들을 가르치고 바쁘게 걸어 다니고, 늘 그랬듯 책을 읽는다. 막 할머니가 된 그녀는 어린 손자를 안고 자장가를 불러준다. 다가오는 것들을 그렇게 받아들이고 산다.

손자를 안고 노래를 불러주는 마지막 장면이 아름다워서, 문득 힘이 났던 걸까? 이자벨 위페르의 연기가 너무 근사해서였을까? 영화의 음악이 너무 좋아서였을까? 모두 다겠지만, 결국은 인생을 바라보는 영화 전체의 시각 때문일 것이다. 또한 최선을 다해 자신의 삶을 살지만, 뜻대로 되지 않을 때도 담담히 받아들이는 나탈리란 여인의 매력, 그리고 그 여인의 품위 때문일 것이다. 그 품위는 정신의 힘이 아닐까? 늘 철학 책을 읽는 그녀의 내면이 그만큼 단단하기 때문이 아닐까 생각해 보는 것이다. 나도 그녀처럼 책을 열심히 읽고 싶단 생각이 진심으로 든다.

영화는 참으로 잔잔하다. 그리고 담담하게 중년 여인 나탈리의 인생을 따라간다. 억지로 떠맡게 된 고양이 판도라를 향해 "늙고 뚱뚱하고 못생겼다"라고 말하기도 한다. 마치 자신이 그렇다고 하는 것 같다. 하지만 그녀는 조금 울고, 한숨 쉬고, 그리고는 자신의 할 일을 한다. "인생이란 다 그런 거지" 라고 말하는 것 같다. 그리고는 또 책을 펼친다. 그녀의 모습을 보면, 책 속에 길이 있다는 말은 아마도 틀리지 않은 것 같다. 그녀를 보면 지성이야말로 삶을 품위 있게 해주는 거란 생각이 든다. 참된 지성이란 참된 삶을 위한 거라고.

잠시 생각해본다. 이 잔잔하고 품위 있는 영화를 친구들에게 보라고 추천을 해야 할까 말아야 할까를. 왜냐면 무슨 이야기를 하려는 거냐고, 어렵다고 느낄까봐 조심스러워서다. 끊임없이 흘러나오는 철학책과 글귀들 때문에, 그것을 다 이해해야 한다는 강박이 생기지 않을까 싶어서. 하지만 그 고난도의 구절들을 다 이해하지 못한들 어떤가. 그녀가 책읽기를 통해 구원받았듯, 그런 방편 하나쯤은 누구나 가질 수 있다면. 그것이 책이든, 요리든, 일이든. 신앙이든. 나탈리에게는 끊임없는 책읽기가 삶을 뚫고 나갈 힘이었다면, 그 힘은 여러 가지가 아니겠는가. 그리고 예기치 않은 인생의 불청객들 앞에서 잠시 울어도 보지만, 다시 힘내서 자신의 할 일을 할 수만 있다면. 그것은 지식의 힘이 아니어도 좋을 것이다. 그럴 때 우리는 그것을 '지혜'가 주는 힘이라고 말한다.

다시 뉴스를 본다. 지혜는커녕, 눈곱만큼의 지식도 없이 세상을 어지럽히는 인간들 때문에 분노하고, 좌절한다. 세상은 늘 그랬다. 이제 와서 겨우 하나씩 밝혀지는 것일 뿐. 품위의 품자도 찾아볼 수 없는 인간들의 소식을 매일 대하며, 품위 있는 프랑스 영화를 보는 기분은 묘하다. 영화가 너무 아름다워서 슬프다. 애써 아름다움을 찾아, 오늘도 한 편의 영화를 본다. 바라건대, 현실 도피가 아니기를. 다시 에너지를 채워, 나탈리처럼 현실을 살아야 하므로.

아마도 나의 중년은 이 영화를 보기 전과 후로 나뉠 것 같다. 독서의 힘으로 삶의 위기를 뚫고 나가는 나탈리를 보고, 어느 때보다 열심히 책을 읽고 있다. 늘 책을 읽고, 부지런히 살고, 마침내 손자를 품에 안고 조용히 나이 들어가는 그녀를 오랫동안 잊지 못할 것 같다.

'앙 : 단팥 인생이야기'
가와세 나오미 감독.
2015(프랑스, 독일, 일본)

특별하지 않아도 괜찮아

요리하면 프랑스가 최고라지만, 음식을 소재로 한 영화가 많은 나라는 단연코 일본이다. 〈남극의 셰프〉, 〈카모메 식당〉부터 최근의 〈심야식당〉, 그리고 우리 방송의 '삼시세끼'를 연상시키는 〈리틀 포레스트〉시리즈까지 음식영화를 열거하자면 끝이 없다. 그 많은 음식 영화 중 〈앙 : 단팥 인생이야기〉는 유난히 돋보인다. 달콤한 팥이 든 소박한 음식 '도라야키'를 중심으로 한 인생 이야기가 잔잔하게 펼쳐진다.

도라야키를 만들어 파는 '센타로'의 가게에 할머니 한 사람이 찾아와 아르바이트를 하겠다고 한다. 센타로는 거절하지만, '도쿠에' 할머니가 두고 간 단팥 맛에 반해 직원으로 받아들이게 된다. 재미있는 것은 단팥을 만드는 할머니의 태도다. 팥을 살아있는 생명체처럼 대하며 연신 말을 건다. 할머니는 팥이 한 멀고먼 여행에 대해 귀를 기울인다. 팥과 설탕과의 만남을 남녀의 맞선에 비유하며 기다려주기도 한다. 만드는 내내 재료의 말에 귀 기울이며 정성을 다하는 음식이 맛없을 리가 없다. 바로 명품 단팥이 탄생하는 이유다.

놀라운 단팥 맛으로 센타로의 가게는 손님이 줄을 잇고, 어둡던 센타로의 표정도 조금씩 밝아진다. 하지만 도쿠에 할머니의 가슴 아픈 상처가 드러나고, 동네에는 나쁜 소문이 돌게 된다. 가게는 다시 썰렁해지고 할머니는 가게를 떠나게 되지만, 할머니가 보낸 편지들이 센타로의 마음을 움직인다. 이렇듯 영화는 단순한 음식 이야기가 아니라, 음식을 매개로 사람과 사람이 만나는 이야기이다. 그리고 그 만남을 통해 한 사람의 인생이 변하게 된다. 상처 입은 존재임에도 사랑을 베풀 줄 아는 도쿠에 할머니의 따스한 마음과 사랑 가득한 편지로 인해 어두운 과거를 가진 센타로의 인생이 바뀌는 것이다.

우리나라도 이제 혼자 밥 먹고, 혼자 술 마시고, 영화도 혼자 보는, 이른바 '혼족' 시대가 되어가고 있다. 편함을 위해 기꺼이 외로움을 택했다고나 할까. 하지만 무엇보다 음식은 누구와 먹느냐에 따라 그 맛이 달라지고, 좋은 사람과 함께 먹을 때가 가장 맛있다.

"요리를 사랑하거나, 그 요리를 먹는 사람을 사랑하거나."

이건 프랑스 영화 〈쉐프〉의 대사다. 음식이란 사람을 위한 것임을 새삼 상기시킨다. 일본은 훨씬 이전부터 '혼족'이 일반적이었다. 가와세 나오미 감독은 영화를 통해 사람은 함께 살아야하는 존재임을 이야기하고 싶었다고 말한다. 그 많은 음식 영화 중 이 영화가 돋보이는 이유다.

요리란 사실 힘들고 수고로운 작업이다. 공들인 시간에 비해 먹는 시간을 생각하면 허망하기까지 하다. 나의 경우, 맛있는 음식을 떠올릴 때 가장 먼저 생각나는 건 어린 시절 할머니가 끓여주신 된장찌개다. 그래서인지 입맛이 까다로운 사람을 보면 유별나단 생각을 한다. 주는 대로 잘 먹어주는 무던한 식구들 덕에, 세월이 흘러도 나의 요리 실력은 별반 늘지 않는다. 요리 솜씨, 살림 솜씨가 뛰어난 주부를 보면 주눅이 들기도 한다. 하지만 한편으로 생각해보면 요리에 대한 나의 '주눅'은 특별한 요리를 만들 줄 모른다는 이유 때문이 아니었을까? 그 옛날 할머니가 해주시던 된장찌개처럼, 평범하고 일상적인 음식이야 얼마든지 만들 수 있는 것을.

라세 할스트룀 감독의 영화 〈로맨틱 레시피〉를 보면 유명 셰프가 향수병에 걸리는 장면이 있다. 바로 '집밥'이 그리워서였다. 손님을 위한 화려한 요리가 아니라, 어릴 때 늘 먹던 지극히 소박한 음식의 냄새. 그것은 곧 식구들이 함께 어울려 살던 때의 정겨운 '사람 냄새'였을 것이다. 아무래도 우리는 평범한 것, 특별할 것 없는 소박한 것들의 가치를 자주 잊고 산다.

인생의 소중한 가치를 가르쳐주는 〈앙: 단팥 인생이야기〉는 두리안스케가와의 원작으로, 일본의 국민배우 키키 키린이 도쿠에 할머니로 나와 역할에 녹아든 명품연기를 선보인다. 외로운 소녀 역의 우치다 카라는 키키 키린의 친손녀라고 한다. 칸영화제 '주목할 만한 시선' 개막작으로 상영되었으며, 봄날의 벚꽃을 비롯한 사계절의 풍경은 영화를 더욱 아름답게 빛낸다.

"우리는 이 세상을 보기 위해, 듣기 위해 태어났어. 특별한 무언가가 되지 못해도, 우리 각자는 모두 살아갈 의미가 있는 존재야"

도쿠에 할머니의 대사가 마음을 울린다.

'내 심장이 건너뛴 박동'
자크 오디아드 감독.
2005(프랑스)

마음의 소리 듣기

오랜만에 친구와 느긋한 티타임을 가졌다. 이런저런 근황을 이야기하던 친구가 말했다. "하고 싶은 건 너무 많은데, 현실이 따라주지 않아." 사실 그녀는 봉사활동을 위해 아프리카에 다녀오는가 하면, 산티아고 순례길까지 다녀온 친구다. 몇 년 뒤엔 장기 프로젝트로 해외 봉사를 떠나겠다는 원대한(?) 꿈도 가지고 있다.

그런데 문득 "네 까짓 게 그런 걸 해낼 수 있겠어?"라는 소리가 들린다고 했다. 이상과 현실의 간극에서 혼란스럽다는 것이었다. 어디서부터 온 목소리일까? 사실 우리 안에는 늘 두 가지 목소리가 있다. '양가감정兩價感情'이라 표현되는 내면의 갈등은 우리를 몹시 힘들게 한다. 때로는 문제 자체보다 이러지도 저러지도 못하는 마음의 상태 때문에 힘들 때가 많다.

친구의 말을 듣자 문득, 〈내 심장이 건너뛴 박동〉이란 제목의 프랑스 영화가 생각났다. 어느 평론가가 쓴 신문 기사를 읽고, 우선 영화의 제목이 아주 멋있다는 생각을 했다. 프랑스의 인기배우 로맹 뒤리스의 피아노 치는 모습이 큼지막하게 실려 있고, 꿈을 찾아가는 영화라고 했다. 내 취향의 영화일 거라 단박에 느끼고, 극장으로 달려갔다. 하지만 막상 영화를 보니 기대했던 것처럼 꿈을 향해 나아가는 '착하고 예쁜' 영화는 아니었다. 영화는 거칠고, 강렬했다. 〈예언자〉와 〈러스트 앤 본〉의 자크 오디아드 감독은 사랑을 이야기할 때도 절대 말랑말랑하거나 서정적이지 않다. 에스프레소처럼, 위스키처럼 진하고 강렬하다. 이 영화에다 '하드보일드 뮤직드라마'라는 요상한 부제를 붙인 이유를 알 수 있었다.

주인공 토마스는 부동산 브로커다. 집을 팔기 위해 세입자들을 내쫓는 일을 한다. 말이 부동산 브로커지 하는 일은 깡패, 폭력배와 다름없다. 그에게는 돈이 전부인 듯 보인다. 잔인한 폭력이 일상이던 어느 날, 피아니스트였던 어머니의 전 매니저와 마주치게 된다. 매니저는 토마스의 어릴 적 재능을 기억하고, 오디션을 보러 오라고 한다. 그 때부터 토마스에겐 잊고 지내던 피아노의 리듬이 들려오기 시작한다.

그것은 피아니스트였던, 죽은 어머니의 세계에서 들려오는 소리였다. 하지만 그가 처한 현실은 돈과 폭력의 세상, 살아있는 아버지의 세계다. 그의 귀에 들려오는 바흐의 토카타와 푸가는 그를 조금씩 다른 세상으로 데리고 간다. 아름다움에 눈을 뜬 그는 더 이상 과거의 거친 세상을 견디지 못한다. 하지만 아버지의 세계는 그를 가만두지 않는다. 다르게 살려는 그를 비웃으며, 끊임없이 돈과 폭력의 세계로 손짓한다. 토마스는 그를 끝내 놓아주지 않으려는 아버지의 세계를 배신할 수 있을까?

영화는 미국영화 〈핑거스〉를 원작으로 하는데, 프랑스에서는 2005년에 개봉이 되어 칸 영화제 황금종려상을 받았고, 신인이었던 로맹 뒤리스는 스타덤에 올랐다. 누군가가 이 영화를 일컬어 "어설픈 사내의 잔혹한 성장담"이라 말했는데, 내용을 꽤 정확하게 요약한 것 같다.

거칠고 비인간적인 세상에서 살던 한 사내가 어느 날 문득 들려온 피아노의 리듬에 눈을 뜨고, 새로운 세상을 찾아가는 이야기는 보는 이를 감동시킨다. '내 심장이 건너뛰었던 박동'을 따라가는, 진정한 내면의 리듬을 따라가는 이야기. 그 과정은 거칠고 독하지만, 결과는 아름답다. 그렇다. 한번이라도 진정한 아름다움에 눈을 뜬 사람은 더 이상 과거의 추한 세상으로 돌아가지 못한다. 마음의 소리를 듣는 일은 그토록 소중한 것이다. 시인 사무엘 얼만은 노래했다.

"나이가 든다고 늙는 것이 아니라, 이상理想이 없을 때 늙는 것이다."

그러니 부디 친구여, 그대 심장의 박동 소리를 건너뛰지 말기를. 두 가지 목소리가 들릴 때, 어느 쪽에 귀 기울여야 하는지 누구보다 자신이 잘 알고 있을 테니.

행복해지는 가장 간단한 방법

'자전거 탄 소년'
다르덴 형제 감독.
2012(벨기에, 프랑스)

이 영화를 생각하면 지금도 가슴이 시리다. 좋은 영화를 찾아 이리저리 헤매다 발견한 영화였다. 보고나서는 가슴이 먹먹해져 한참을 가만히 앉아있게 했던 영화다. 어느 영화전문지 기자의 추천으로 고른 영화였는데, 2012년 최고의 영화로 꼽은 평론가도 있었다. 빈 둥지 증후군의 외로움과 허무함을 영화로 간신히 메우던 무렵이었다. 처음 봤을 때, 자신을 버린 아빠를 찾아 몸부림치듯 뛰어다니는 소년을 보고 눈시울이 뜨거워졌는데, 다시 봐도 여전히 가슴이 얼얼해진다.

열한 살 소년 시릴은 사라진 아빠를 애타게 찾는다. 보육원에 시릴을 맡긴 아빠는 행방을 감췄다. 소년의 분신과 같던 자전거도 사라졌다. 자취를 감춘 아빠가 돈이 궁해 팔아버린 것이다. 하지만 소년은 아빠가 그랬으리라 믿지 않는다. 누군가 자전거를 훔쳐간 거라고 굳게 믿고 있다. 아빠는 그를 버렸지만, 이 사실을 믿지 못한 채 절박하게 뛰어다니는 소년 앞에 한 미용사가 나타난다. 미용사 사만다는 소년의 자전거를 발견하고, 값을 치르고 소년에게 되돌려준다. 이 고마운 아줌마에게 소년은 당돌하게 묻는다. "제 주말 위탁모가 되어주실래요?" 여인은 고개를 끄덕인다. 어두운 세상에 한 줄기 빛과 같은 관계가 시작된다.

시릴은 늘 빨간 옷을 입고 다닌다. 아빠를 찾고, 좋아하는 자전거를 찾아 꼭 행복해지고 말겠다는 뜨거운 열망의 상징처럼 보인다. 미용실 아줌마 사만다는 시릴의 절박함을 알아봤던 것 같다. 그리고 소년의 열망은 사만다의 마음을 움직이게 했다. 사실 사만다의 사연은 소개되지 않는다. 남자 친구가 "시릴이야, 나야?"라며 둘 중 하나를 선택하라는 말에도 불구하고, 끝까지 시릴 옆에 있는 사만다의 동기에 대한 설명은 없다. 보는 이의 상상에 맡기기 위해 사연을 생략했다는 감독의 말이다.

최근 가까운 사람들과 함께 이 영화를 다시 볼 기회가 있었다. 열 명 남짓한 지인들은 각기 다른 소감을 내놓았다. 살아온 시간이 다르고, 경험이 다르니 같은 영화를 봐도 느낌이 다른 것이다. 누구는 아빠가 어떻게 그럴 수 있냐고 분노했고, 누군가는 우리도 제 자식만 생각하지 말고, 사만다 같은 이웃이 되어야 한다고 했다. 시릴의 빨간 옷이 생명과 갈망을 상징하는 거라고도 했다. 영화의 느낌이 참으로 풍성해지는 시간이었다. 좋은 영화는 혼자 봐도 좋지만, 여럿이 함께 볼 때 더 좋다는 것을 실감한 소중한 시간이었다.

심리학 용어 중에 '회복탄력성(*resilience*)'이라는 말이 있다. 에미 워너 박사가 오랜 기간 연구해서 발표한 개념인데, 아무리 열악한 환경의 아이라도 의지할 만한 어른 한 명만 있으면 대개 건강하게 성장하더라는 보고였다. 영화를 보면 시릴이 범죄에 빠지게 되는 조마조마한 장면이 나온다. 하지만 사만다라는, 한 명의 기댈 언덕으로 인해 시릴의 인생이 어둠 속에서 빠져나오는 모습을 보게 된다. '회복탄력성', 즉 '역경을 딛고 일어서는 힘'을 뜻하는 이 용어는 상처받기 쉬운 세상에서 우리가 꼭 기억해야할 단어로 여겨진다. 상처는 누구나 받는다. 얼마나 빨리 거기에서 빠져나올 수 있느냐가 단단하고 건강한 인생의 척도인 것이다.

인류 역사상 최대의 낙관주의자라 할 수 있는 헬렌 켈러는 어느 잡지에 이렇게 썼다. "행복해지는 가장 간단한 방법은 선을 행하는 것"이라고. 삼중고에 시달리면서도 "나는 행복한 사람입니다"라고 말한 그녀가 일러주는 행복 비법을 기억해두자. 선을 행하는 것은 너를 위한 것만이 아니라, 바로 나 자신을 위한 것이라는 걸.

담백하면서도 감동적인 영화를 만들어내는 감독 다르덴 형제는 이 영화로, 그들의 영화 중 가장 따뜻하다는 평과 함께 칸 영화제 심사위원 대상을 받았다.

'내 사랑'
에이슬링 월쉬 감독.
2016(아일랜드, 캐나다)

나이 든다는 것

20대 딸과 영화를 보러갔다. 〈비포 선라이즈〉를 비롯한 비포 시리즈의 배우 에단 호크를 너무 좋아하는 딸은, 그가 나오는 영화 〈내 사랑〉을 보자고 했다. 친구들과 한 번 본 적이 있는 영화지만, 딸을 위해 한 번 더 보기로 했다. 영화를 다 보고난 딸은 말했다. "모르겠어. 저건 사랑이 아니지 않아?" 라고.

그건 사실이었다. 사랑에 대한 판타지가 다분한 청춘의 눈에 그런 사랑은 사랑으로 보이지 않을 수도 있겠다 싶었다. 그런 것도 사랑이라고 말하고 싶었지만, 아무 말도 하지 않았다. 그건 청춘들이 알 수 없는 그 어떤 것이기 때문이었다. 막연하지만 그런 걸 느낀 딸은 이어서 말했다. "내가 좀 더 나이 들어서 보면 어떨지 모르겠지만…"이라고.

그러고 보면 인생은 참 공평하다. 청춘이 아름다운 이유가 있고, 중년 또는 노년이 아름다운 이유는 또 따로 있는 것이다. 내 또래의 친구들은 이 영화가 마음에 와 닿았는지, 상기된 얼굴로 나름의 느낌들을 이야기했다. 이 영화를 혼자 봤다는 어느 중년 아저씨도 있다. 강의 도중 만난 분이었는데, 채플린의 〈모던 타임즈〉를 봤지만 별 감흥이 없더라고 하셨다. 그런 분이 이 영화 〈내 사랑〉을 보고선 "보기 드물게 느낌이 있는 영화"라고 말했다. 문화와 예술을 가까이 하는 20대 청춘이 보지 못한 것을, 평범한 중년 아저씨가 봤다는 건 아마도 연륜의 힘일 것이다.

슬프고도 아름다운 이 영화는, 장애를 가진 여인 모디와 그의 남편의 이야기이다. 거칠고 무뚝뚝한 남자 에버렛의 집에 가정부로 들어간 모디는 그림을 그리고 또 그린다. 지독한 외로움과 슬픔을 오직 그림 그리는 걸로 승화시킨다. 생활은 비참하지만 그녀가 그리는 그림은 동화처럼 예쁘다. 그 그림은 그녀의 마음 속 풍경이다. 불편한 몸*(그녀는 심한 관절염 환자다)* 탓에 자유롭게 바깥을 다니지 못하는 그녀의 내면이 본 따뜻하고 소박한 세상이다.

그녀의 고운 마음이 그려낸 그림은 지저분하고 삭막했던 집을 조금씩 동화 속처럼 꾸며간다. 그리고 사랑을 받는 법도 주는 법도 몰랐던 거친 남자를 조금씩 바꾸어놓는다. 애버렛은 자신이 생각했던 것처럼 그녀가 '부족한 사람'이 아니었음을 뒤늦게나마 깨닫게 된다. 그러기에 죽기 전 모디는, 자신은 "사랑받았노라"며 환하게 웃을 수 있었다.

영화는 캐나다의 나이브 화가*(정규 미술 교육을 받지 않아 소박하고 자유로운 형태의 그림을 그리는 화가)*로 유명한 '모드 루이스'의 이야기를 담았다. 후에 그녀는 닉슨 대통령이 작품을 의뢰할 정도로 유명세를 탔다. 영화의 마지막엔 주인공들의 실제 모습이 나오는데, 비록 몸은 뒤틀려 있지만 고운 얼굴과 수줍은 미소를 띤 모디 할머니는 예상보다 훨씬 아름답다. 불행한 처지에서도 미소를 잃지 않은 채, 예쁘고 소박한 그림으로 자신의 삶을 가꾸어 나간 여인. 삶과 예술이 하나가 된, 그림으로 가득한 그녀의 작고 소박한 집은 오래 마음에 남아있을 것이다.

"저런 이야기도 사랑이 맞냐"고 묻던 딸에게 이젠 말할 수 있을 것 같다. 사랑이 맞다고, 사랑이란 건 상대방이 원하는 걸 하도록 하는 거라고. 거친 남자 애버렛이 비록 표현에는 서툴렀지만, 모디가 가장 좋아하는 것을 하게 해주었다고. 마음껏 그림을 그리도록 내버려 두었기에 화가 모드 루이스가 될 수 있었고, 누군가의 표현대로 "인생의 후반을 꽃피울 수 있었던 것"이다. 그걸 알았기에 그녀는 사랑받았노라고 환하게 웃으며 마지막 인사를 했던 것이다.

이제 막 새해가 밝았고, 누구든 예외 없이 한 살을 더 먹게 됐다. 시기에 맞는 아름다움은 각기 다르다는 걸 알고, 기쁘게 나이 들었으면 좋겠다. "젊음은 인생의 한 시기가 아니라, 마음의 상태"라고 노래한 어느 시인의 말을 간직한 채.

잔인한 현실, 한 줄기 희망

'나, 다니엘 블레이크'

켄 로치 감독.

2016(영국)

때로는 영화 자체보다 그 영화를 볼 때의 에피소드가 더 기억나는 영화가 있다. 일상이 조금씩 권태로워질 무렵, 혼자 예술영화 전용관을 찾았다. 바쁜 일들이 겹쳐 피로가 채 가시지 않았지만, 거장 켄 로치 감독의 신작을 놓칠 수 없었다. 예술영화 전용관답게 관객은 대부분 혼자였는데, 영화가 끝나자 나는 한참을 앉아있었다. 평범한 주인공 '다니엘 블레이크'가 꽉 막힌 관료주의의 벽에 부딪혀 끝내 자신의 뜻을 관철시키지 못한 채 죽음을 맞이하는 영화. 좋은 영화지만 지독하게 현실적이면서 참 잔인한 영화라는 생각을 했다. 마음이 묵직한 채로 시내를 한참이나 쏘다니다가 어두컴컴해져서야 집으로 왔다.

그런데 저녁에 아들과 통화를 하다 보니*(대학생인 아들은 학교 앞에서 혼*

자 자취를 하고 있다) 둘이서 같은 시간, 같은 장소에서 영화를 봤다는 것을 알게 됐다. 그것도 한 줄 앞과 뒤에서 나란히 앉아 봤다는 것이다. 더 야릇한 건 영화가 끝나고, 각자 근처에서 혼자 밥을 먹었다는 거다. 이 사실을 안 나는 조금 난감해졌는데, 나야 그렇다 쳐도 젊디젊은 청춘이 왜 혼자서 영화를 보는 건가 싶었다. 밥도 쓸쓸하게 혼자 먹고 말이다. 이게 좋은 일인지 아닌지 판단이 잘 서지 않는 것이었다. 그런데 한편으로 생각해보니, 혼자서 예술영화를 보러 온 젊은이들을 보면 참 멋지다는 생각을 하곤 했다. 공대생인 아들이 그럴 줄은 생각도 못했다. 그래서 영화 〈나, 다니엘 블레이크〉는 이 해프닝부터 떠올리는 영화가 되어버렸다.

칸 영화제 황금종려상에 빛나는 이 영화는 개인의 삶을 이야기한 것이 아니라, 사회제도에 대한 이야기이고 발언이다. 주로 노동자 계급을 대변하는 영화를 만들어온 켄 로치 감독의 영화답다고 하겠다. "자존심을 잃으면 다 잃는 것"이라고 말하는 다니엘 블레이크는 현실의 답답한 구조 속에서도 인간으로서의 권리를 힘주어 외치는데, 그 모습이 보는 이에게 묵직한 감동을 안긴다.

성실한 목수 다니엘 블레이크는 심장병으로 일을 할 수 없게 되자, 실업수당을 타려 하지만 뜻대로 되지 않는다. 그에게는 생존인 것이 관공서 직원들에게는 쌓인 업무 중 하나일 뿐인 것이다. 인터넷 신청이라는 절차도 컴맹인 그에게는 넘기 힘든 산이다. 하지만 그는 자신도 어려운 처지이지만, 런던에서 막 이주해온 싱글맘 케이티에게 따뜻한 이웃이 되어준다. 케이티는 다니엘 블레이크의 친절 덕분에 절망의 끝에서 더 이상 추락하지 않을 수 있었다. 다니엘의 친절은 부메랑처럼 되돌아온다. 그가 좌절에 빠져 있을 때 케이티의 딸이 말한다. "우릴 도와주셨죠? 저도 돕고 싶어요"라고.

아이러니하게도 그는 소원이 이루어지기 직전에 죽음을 맞이한다. 누구보다 성실하게 살았던 자신의 이야기를 편지로 남긴 채. 다니엘 블레이크는 결국 죽음을 맞이했지만, 그의 친절은 케이티와 그녀의 두 아이에게 흘러갔기 때문에 영화에는 온기가 담겨있다. 지독한 현실에 비하면 잔인하지 않고 따뜻한 것이다.

다니엘 블레이크는 말한다. "나는 개가 아니라 인간이기에 나의 권리를 요구 한다"고. 그가 마지막으로 써놓은 한 장의 편지는 절망의 한가운데서 한 줄기 희망의 빛을 발견하게 한다. 그리고 어떤 순간에도 놓치지 말아야 할 인간의 존엄성을 웅변으로 보여준다. '블루칼라의 시인'이라 불리는 켄 로치 감독은 어느 인터뷰에서 이렇게 말했다.

"무슨 일이 벌어졌는지에 대해 놀라지 말라. 중요한 것은 그래서 내가 무엇을 했느냐이다."

현실은 잔인하지만, 그 속에서도 여전히 희망을 이야기하는 흔치 않은 리얼리즘 영화다. 먹먹한 감동과 함께, 나만이 아닌, '우리'의 삶과 현실을 돌아보게 한다.

(다음엔 미리 약속을 하고서, 청년인 아들과 함께 나란히 앉아 영화를 보는 즐거운 상상을 한다. 좋은 영화를 보고, 함께 이야기를 나눈다면 영화의 의미도, 삶도 한결 풍성해지리라).

'열정 같은 소리 하고 있네'

정기훈 감독.

2015(한국)

딱 한번 신문기자와 인터뷰를 한 적이 있다. 『영화의 심장소리』를 출간하고, '이주의 책' 난에 실을 기사를 위해서였다. 꽤 더운 여름이었다. 나는 약속 장소인 신문사 1층 카페로 땀을 뻘뻘 흘리며 갔다. 더위 탓인지, 긴장 탓인지 모를 땀이었다.

긴장한 나에 비해, 늦게 나온 기자는 느긋했다. 그리고 말이 별로 없었다. 그때 나는 좀 놀랐다. '기자가 저렇게 조용해도 되는 거야?' 라는 생각 때문이었다. 그리고 그 때의 인터뷰는 기자에 대한 나의 고정관념을 무너지게 했다.

그는 내가 "말주변이 없어서"라고 하자, "저도 그래요. 쓰는 건 쉬운데"라고 했다. 내성적인 기자와 내성적인 작가의 조용한 인터뷰가 끝나자, 나는 좀 이상한 인터뷰라고 생각했다. 자그마한 키의 총각 기자는 별로 물어보는 것도 없고, 뭔가를 생각하는 표정으로, 대체로 나의 말을 듣는 편이었다. 알아서 기사를 정리하겠다는 말을 끝으로 무덥고 긴장된 인터뷰를 끝냈다. 아니, 처음보다 긴장은 훨씬 줄었는데, 나처럼 내성적인 사람을 만난 것에 대한 안도감 때문이었다.

그리고 2주쯤 후에 실린 기사를 보고 나는 적잖이 놀랐다. 기사를 너무 잘 썼기 때문이었다. 글재주가 뛰어난 기자였다. 덤덤한 표정으로 앉아있더니, 내 말을 하나도 놓치지 않고, 마음에 쏙 들게 기사를 써놓았다. 그래서 다시 생각했다. '역시, 기자는 아무나 되는 게 아닌 모양이야'라고. 그 후에도 나는 어쩐지 친밀감이 생겨 그 기자가 쓴 기사가 나오면 눈여겨 읽어보곤 했다. 재미있는 경험이었다. 영화에 나오는 저돌적인 기자들의 이미지 때문에, 기자라면 당연히 당차고 욕도 잘하고 막무가내인 걸로 인식이 되어 있다. 하지만 이 경험에 비추어 보면 기자에도 여러 부류가 있는 모양이다.

〈열정 같은 소리 하고 있네〉는 스포츠 신문의 연예 담당 기자들의 이야기다. 여기엔 기자라는 고정 관념 중 최악의 인물이 등장한다. 욕 잘하고, 고함 잘 지르고, 뇌물까지 챙기는 기자. 그는 정재영이 연기하는 하재관 부장이고, 박보영이 연기하는 도라희 기자의 상관이다. 정재영의 능청스런 고함 연기와 박보영의 귀여운 매력이 영화를 가득 채운다. 순진한 수습기자 도라희(혹은 또라이)와 하 부장의 충돌과 화해가 아주 재미있고 유쾌하게 그려져 있다. 몇몇 다른 배우들의 연기도 좋다.

코미디를 보고 싶을 때, 그리고 어느 정도 현실적인 이야기를 하는 코미디를 보고 싶을 때 찾아보면 좋을 영화다. 연예 담당 기자들의 이야기답게 조금 현실과 동떨어진 듯한 구석도 있으나 배우들의 매력, 그리고 수습사원들의 고군분투기라는 면에서 보자면, 무척 재미있는 영화라는 생각이다. 나와 전혀 상관없는 세계를 살짝 들여다보는 재미가 쏠쏠하다. 영화가 아니라면 들여다볼 수 없는 풍경일 것이다.

"기자라면 좋은 사람이란 칭찬 듣기를 기대하지 말라"는 게 어느 전설적인 여기자의 충고다. 그게 기자로서의 운명인지는 모르겠지만, 정치부도 사회부도 아닌 문화 담당 기자라면 어떨까. 조금은 다를 수도 있겠다. 적어도 내가 만났던 문화부 기자는 착해 보였고(?), 조용했다. 문화의 힘이란 게 그런 걸까? 그 기자만 특이했던 걸까?

딸의 전공은 '언론 홍보학과'였다. 대학에 들어가 보니, 언론도 홍보도 적성이 아니라 했다. 결국 경영학을 복수전공해서 평범한 회사에 들어갔다. 역시 기자란 아무나 하는 게 아닌 것이다. 영화를 보다보니 딸 생각이 조금 났는데, 처음 회사에 들어가서 저런 꼴을 다 겪었을까 하는 생각이 든 것이다. 영화를 보면 고군분투하는 청춘들을 향한 응원의 마음이 절로 생긴다.

수습기자인 도라희는 고생 끝에 특종을 하고, 자리를 잡아간다. 사실 영화의 진행은 다소 만화적이다. 〈미생〉의 열풍과 차별화되는 지점일까? 꼬였던 일이 너무 쉽게 풀리고, 도라희는 쉽게 자리를 잡는다. 그래도 나는 이 영화가 좋다. 좀 만화스러우면 어떤가. 주눅 들고 구박받던 주인공이, 마침내 당당하게 자신의 목소리를 내는 모습을 보면 무척 기분이 좋아진다. 팍팍한 인생살이에서 영화를 보며 대리만족 느끼며, 좀 쉬어간들 어떻겠는가.

'길버트 그레이프'
라세 할스트롬.
1994(미국)

삶은 때론 견디는 것

얼마 전 학교에서 특강할 기회가 있었다. 남자 고등학교였다. 강의 전 담당 선생님은 "요즘 아이들은 뭘 해도 잘 안 듣습니다. 딴 짓을 해도 너무 신경 쓰지 마세요" 라고 했다. 하지만 아이들은 비교적 초롱초롱한 눈빛에, 우렁찬 목소리로 대답을 해가며 들었다. 나는 영화 〈불의 전차〉 한 장면을 보여주며 말했다. 주인공들이 바닷가에서 달리기 하는 오프닝 장면이다. 아카데미 음악상에 빛나는, 올림픽 때마다 흘러나오는 그 익숙한 음악을 배경으로 말했다. 인생은 커다란 경기장이라고. 모두가 경주를 하지만, 각자 종목이 다르다고 했다. 지금은 성적이라는 한 종목인 것 같지만, 길게 보면 모두가 다르다고.

나는 진심으로 말했고, 아이들은 크게 고개를 끄덕였다. 불안하고 열등감 많은 학창시절을 보냈던 인생의 선배가 그들을 진심으로 응원하며 한 말이었다. 다른 세대들도 그렇지만 한국의 10대들도 예외 없이, 아니 어쩌면 가장 고단한 하루하루를 보낸다. 때로는 끝없는 불안과 혼란 속에서 자책하며 극단적인 선택을 하기도 한다. 자신의 잘못이라기보다는 구조적 모순이 큰데도 아이들은 못난 자신을 탓한다. 어른도 마찬가지다. 평범한 사람이 자신을 둘러싸고 있는 삶의 구조적 모순에서 빠져나온다는 것은 사실 불가능하다.

꿈을 가지는 것이 사치일 만큼 하루하루를 견뎌야 하는 인생이 있다. 영화의 주인공 길버트 그레이프를 둘러싼 인생의 짐은, 스물넷의 청년에게 무겁고 벅차기만 하다. 자살한 아버지, 그로 인해 방에서 한 발짝도 나오지 않는 거구의 엄마, 지적 장애를 가진 동생, 그리고 두 여동생의 틈바구니에서 가장 노릇을 하며 하루하루를 보내고 있다. 식료품 가게의 점원으로 일하는 그는 인구 천여 명의 마을 엔도라를 한 번도 벗어나본 적이 없다. 그는 늘 이곳을 탈출하기를 꿈꾸지만, 방법이 없다. 하지만 뭔가 하고 싶은 게 없냐는 질문에 이렇게 대답한다.

"좋은 사람이 되고 싶어요."

아무런 변화가 없을 것 같은 마을에 캠핑카를 타고, 당찬 매력의 소녀 베키가 나타나고 길버트에게도 사랑이 찾아온다. 베키는 지적 장애를 가진 동생 어니를 대하는 길버트의 순수한 모습을 보고 호감을 가진다. 어른스러운 두 젊은이 사이에 서로의 인생을 응원하는 사랑과 우정이 생긴다. 그리고 어니의 생일 파티를 잘 치르는 것 정도가 유일한 관심사였던 길버트의 가족에게도 변화가 생기고, 가족의 운명은 달라진다. 길버트에게도 비로소 고립된 마을을 떠날 기회가 생기는 것이다. 영화를 보다보면 인생이란 정말 알 수 없는 것이란 생각이 든다. 자신의 자리에서 그저 견디며, 마음속으로 자유를 갈구하던 길버트의 애처로운 모습, 비로소 어둡고 무거운 과거에서 빠져나오듯, 무너져가는 집을 불태우는 장면은 보는 이의 마음에 깊은 인상을 남긴다.

〈댄 인 러브〉의 각본가이자 감독인 피터 헤지즈의 소설 『What's Eating Gilbert Grape』가 원작인데, 이는 영화의 원래 제목이기도 하다. 소설은 영화보다 훨씬 냉소적이라고 한다. 하지만 영화는 따뜻하다. 자신의 자리에서 견뎌내며, 때로 좌절하며 살아가는 길버트의 모습은 우리 모두의 모습이기도 한 것이다. 그래서 생각해본다. 길버트처럼 할 수 있는 일이 별로 없을 때라도 우리는 여전히 '좋은 사람 되기'를 꿈꾸어야 한다는 것. 늘 똑같은 하루하루인 것 같지만, 그렇게 일상을 살며 때로 견뎌내다 문득 뒤돌아보면, 많은 것이 변해있을 거라는 것이다.

이 영화에서 빼놓을 수 없는 것이 있다. 바로 길버트의 지적 장애 동생 어니를 연기했던 레오나르도 디카프리오의 연기다. 18세 소년이었던 그가 어린아이의 지적 수준을 가진 17세 소년을 연기해 아카데미 조연상 후보에 올랐다. 실제 지적 장애인이 아니냔 말을 들었을 정도로 탁월한 연기를 했으니, 역시 배우란 타고나는 것이란 생각이 든다. 약간 냉소적이지만 따뜻한 마음씨를 지닌 길버트 그레이프를 연기하는 조니 뎁의 연기도 훌륭하다. 〈개 같은 내 인생〉으로 유명한 라세 할스트롬 감독의 명작으로 2015년에 재개봉되었다.

앞서 말한 남학생들을 대상으로 한 번의 강의가 더 남았다. 그 씩씩한 남학생들에게 말해주고 싶다. 인생은 때로 견디는 거라고. 할 수 있는 게 달리 없을 때도 똑같은 하루하루를 살다 문득 뒤돌아보면, 인생은 어느덧 많이 달라져있을 거라고. 그리고 잊지 말아야 할 건 길버트처럼 '좋은 사람 되기'를 꿈꾸는 것이라고.

행복을 느끼는 순간

'바바라'
크리스티안 펫졸드 감독.
2013(독일)

요즘엔 밤에 잠이 잘 오지 않는다. 눈이 침침해서 책을 오래 읽기도 힘들다. 아무래도 나이 탓인 것 같다. 그럴 때는 핸드폰에 이어폰을 연결하고 가만히 눕는다. 조용히 누워 음악을 듣거나, 모바일 강의를 듣다 잠이 든다. 새로 생긴 취미인데, 불면과 침침한 눈이 준 선물인 셈이다.

인터넷에 올라와있는 인문학 강의는 좋은 것이 참 많다. 그 중에서도 나에겐 심리학 강의가 제일 흥미롭다. 최근에 서울대 심리학과 최인철 교수의 강의를 들었다. '행복연구센터장'이라는 직함도 갖고 있는 그는 행복의 조건으로 세 가지를 꼽았다. 바로 '자유, 관계, 유능감'이다. 이것을 영혼의 3대 영양소라고 표현했는데, 이것이 지속적으로 공급될

때, 우리는 행복감을 가득 느낀다는 것이다.

영화 〈바바라〉에는 한 불행한 여인이 나온다. 그녀는 "나는 불행합니다"라는 말을 온 몸으로 나타내고 있다. 누구든지 알아차릴 만큼 어둡고 차가운 표정을 하고 있다. 분단시절 독일이 배경인데, 그녀는 동독 베를린의 큰 병원에서 근무하던 의사다. 바바라는 서독으로 출국신청을 내는 바람에 요주의 인물이 되어 시골병원으로 좌천되었다. 당국의 감시 속에서 수시로 집안 수색은 물론, 알몸 수색까지 당하는 처지다. 그녀의 유일한 희망은 동독을 탈출하여 서독에 있는 연인에게 가는 것뿐이다. 비참한 처지의 그녀 앞에 동료 의사 안드레가 나타난다. 그 역시 도시의 큰 병원에서 근무하다가 사고를 낸 탓에 시골 병원으로 좌천된 인물이다.

안드레는 그녀와 다르다. 안드레의 세상은 밝다. 강제로 시골병원에 내려온 처지지만, 스스로 실험실을 갖춰놓고 자신의 일에 최선을 다한다. 어둡고 차가운 바바라의 집과 다르게 그의 집은 초록빛 정원까지 있다. 안드레는 바바라에게 다정한 손길을 내밀지만, 차가운 표정의 그녀는 모든 사람과 거리를 둔다. 그런 그녀에게 강제노동작업장에서 도망친 소녀 스텔라가 나타난다. 스텔라는 바바라에게 전적으로 의지하고, 바바라는 그녀에게 엄마 같은 존재가 된다.

서독 연인의 도움으로 동독을 벗어날 모든 것이 갖추어진 날, 바바라는 중대한 결심을 하고, 시골의 병원에 남기로 한다. 그녀의 마음을 바꾼 것은 무엇일까? "나는 이곳이 좋아요"라고 말하는 안드레에게 "이곳에서는 행복할 수 없어요"라고 말하던 그녀다. 사실 그녀의 마음을 바꾼 것 중 하나는, 그녀를 필요로 하는 병원의 일이었다.

영화에는 마리오라는 소년이 나온다. 사고로 인해 기억은 있지만, 감정을 잃어버린 소년이다. 자신처럼 감정이 없는 마리오의 병상 앞에서 안드레와 마주앉은 바바라는 눈을 크게 뜬다. 감정을 담아 뭔가를 말하려는 듯. 거기서 영화는 끝이 난다. 바바라는 무슨 말을 하려 했을까? 그녀는 아마 이런 말을 하려고 하지 않았을까? "이 곳에서도 행복을 한번 찾아보도록 하죠. 당신처럼." 그러면 그녀에게 은근히 구애를 하던 동료의사 안드레는 가만히 미소를 지을 것이다.

이제 바바라에게는 행복의 조건 세 가지가 생겼다. 관계와 유능감, 어느 정도의 자유와 함께. 구속이 없이 자유로운 상태에다 친밀한 관계가 있고, 인정받을 만한 일이 있을 때 행복하다는 것인데, 바바라의 경우 자유로운 상태는 아니지만, 좋은 관계와 일에 대한 열정이 어느 정도의 구속을 견딜 수 있게 할 것이다. 사실 우리 삶에서 완전한 자유란 불가능한 꿈이다. 사랑하는 사람이 있고, 일에 대한 애정이 있다면, 그것으로 충분하지 않은가.

차갑고 서늘한 표정의 바바라를 연기한 배우 니나 호스는 이 영화로 극찬을 받았고, 각본 및 감독을 한 크리스티안 펫졸드는 베를린 영화제 감독상을 받았다. 잔잔하지만 묵직한 감동이 있는 영화로 보고 나면 여운이 길다.

유머를 잃지 마

'토니 에드만'
마렌 아데 감독.
2016(독일)

성인이 된 자식에게 부모란, 어느 정도의 그리움을 제외하고는 대체로 부담스러운 존재다. 부모 없이 혼자서 살 수 있는 독립적인 존재가 되고부터는 예외가 없을 것이다. 성년이라면 간섭이 없어야 오히려 더 잘 살게 될 터이다. 〈토니 에드만〉은 이런 부모와 자식 간의 불편한 관계를 담고 있다. 강하고 독립적인 워크홀릭 딸과 이런 딸의 주변을 염려스럽게 맴도는, 특이하고 장난기 많은 아버지의 이야기다.

상영 후 칸 영화제에서 8분간 기립박수를 받았다는 것으로 유명하다. 보편적이면서도 독창적인, 그리고 용감한 이 영화에 칸이 열렬한 지지를 보낸 것은 당연해 보인다. 사실 우리나라 정서로는 꽤 기괴해 보이기도 한다. 아버지의 유머는 애교 차원을 넘어 지나쳐 보이고, 일에 대한 딸의 집착은 무서우리만치 독하다. 양극단을 달리고 있는 이 부녀 관계에서 소통이 이루어질 가능성은 없다. 서로를 너무나 잘 알고 있다는 것이 유일한 희망이랄까.

장난과 유머가 생활인 아버지 빈프리트는 일에 빠져 삶에 대한 재미도, 행복도 내다버린 것 같은 딸 이네스가 걱정이다. 아끼던 개가 죽자 그는 불가리아에서 일하는 딸을 찾아간다. 오직 일 생각밖에 없는 이네스는 찾아온 아버지가 부담스럽다. 이 부녀 관계의 충돌은 당연한 일, 며칠을 못 버티고 아버지는 딸 곁을 떠난다. 하지만 아버지 대신 토니 에드만으로 분장한 남자가 이네스 주위를 끊임없이 맴돌며, 그녀의 심기를 불편하게 한다. 토니 에드만은 이네스가 일하는 현장을 직접 들여다보게 된다. 그리고 폭발할 것 같은 이네스의 심경에 조금씩 균열이 생긴다.

변장을 하고 끊임없이 주변을 맴도는 아버지가 할 수 있는 일들은 사실 별로 없다. 몇 마디 시시껄렁한 농담이 고작이다. 아버지는 가난한 불가리아인에게 유머를 잃지 말라고 말하며 그의 아들에게 용돈을 건네지만, 딸은 차갑게 말한다. "아버지의 낙천적인 태도가 저들에게 조금도 도움이 되지 않아요"라고. 하지만 자신의 생일날, 악령을 쫓아낸다는 털복숭이 쿠케리로 분장하고 나타난 아버지의 품에 안기는 모습을 보면, 진작부터 딸은 아버지의 말을 알아들은 것이다. 미세하던 마음의 균열은 그렇게 어느 순간 방어벽이 무너져 내린다.

아버지의 장난을 자연스레 받을 수 있게 된 딸, 오랫동안 생각에 잠겨있는 그녀의 모습을 비추며 영화가 끝난다. 러닝타임은 장장 181분인데, 그렇게 긴 시간인지 전혀 알아차릴 수 없을 만큼 영화는 흥미진진하다. 그리고 기존의 여느 영화에서 보지 못한 독특한 재미가 있다. 옷을 입을지 벗을지 고민하던 이네스가 과감히 옷을 벗어던지고, 누드파티를 제안하는 장면을 보면 어딘지 모를 시원함이 밀려온다. 그리고 이 시원함은 영화가 끝나고 나서도 오랫동안 계속된다.

어른이며 부모인 나는 영화를 보며 성인이 된 내 아이들이 어떻게 지내고 있을까 잠시 걱정했다. 이 치열한 경쟁사회에서 우리 아이들은 과연 행복할까? 모르는 게 약이라는 말은 아마도 진실일 것이다. 인기를 끌고 있는 예능 '미운 우리 새끼'에서 자녀들의 모습을 보며 엄마들이 깜짝깜짝 놀라는 모습이 재미를 주지만, 이건 여느 부모에게나 해당되는 일일 것이다.

나의 경우, 아이들을 자유방임형으로 키웠던 방식을 더러 후회도 하지만 매번 또 크게 틀리지는 않았음을 확인하곤 한다. 세상에 완벽한 자녀가 없듯, 완벽한 부모 또는 없으므로. 적어도 아이들이 스스로 원하는 것을 찾도록 한 것만큼은 분명하다.

부모란 자녀가 성인이 되어 품을 떠났어도, 마음만은 끊임없이 아이들의 주변을 맴돌며 행복하길 바라는 존재다. 나는 아이들의 주변을 맴돌며, 토니 에드만처럼 말한다.

"유머를 잃지 마. 인생은 생각보다 길지 않아."

이 말은 어쩐지 행복한 인생을 위한 비법으로 보인다. 그러고 보면 토니 에드만 씨는 철학자다. 유머로 무장한 철학자.

베스트셀러 작가이자 정신과의사인 양창순 씨는 열린 마음, 열린 시각을 위한 첫 번째 방법으로 '유머 감각'을 꼽는다. 편협하고 독선적인 사람은 자신이 유머의 대상이 되는 걸 못 견뎌한다는 것이다. 유머 감각이란 자신의 실수에 대해서도 웃어넘길 수 있는 능력이며, 인생에 대해 긍정적인 태도와 열린 시각을 가진 사람만이 유머를 이해할 수 있다고 말한다. 아무래도 우리는 유머를 너무 홀대했던 게 아닐까?

'마리안느와 마가렛'
윤세영 감독.
2017(한국)

사랑은 주는 것이 더 행복한 법

오래전 시집을 읽다가 마음을 끄는 시를 발견하고 노트에 적어두었다. 백무산 시인의 '가방 하나'라는 시였다. 오스트리아에서 온 20대 아가씨 둘이 소록도에 와서 봉사하다가, 칠순 할머니가 되어 아무도 몰래 고국에 돌아갔다는 내용인데, "가서 한 삼년 머슴이나 살아주고 싶은 사람들"이란 구절이 오래 마음에 남았다. 그때 읽었던 시의 두 주인공이 바로 '마리안느와 마가렛'이다. 소록도 성당의 신부님이 이분들을 기리기 위해 영화를 기획, 제작했다고 한다. 그들이 그렇게 소록도를 떠난 건 2005년도의 일이다.

어느 날 소록도 집집마다 편지 한 통이 도착했다. 43년간 소록도 한센 병 환자들을 돌봐주던 마리안느와 마가렛이 남긴 편지였다. 나이

들고 병이 생기자 짐이 될까봐 조용히 떠난 것이었다. 시인의 시에 의하면 "자신이 한 일, 새들에게도 나무에게도 말하지 않고" 그들은 떠났다. 이들의 현재를 만나기 위해 오스트리아로 날아간 제작진에게 마가렛 할머니가 꽤 유창한 한국어로 말한다. "행복하게 살았어요."

모든 것이 낙후되고 열악했던 그 시절, 한센 병 환자들을 돌보는 매일 매일이 어떻게 기쁘고 행복할 수 있었을까? 치매를 앓고 있는 마가렛은 어제 일도 잘 기억하지 못하면서, 소록도에서의 일은 또렷이 기억한다고 했다. 보고 싶으면 마음으로 다 본다고 했다. 그러면서 가장 인상적인 한 마디를 남긴다. "소록도 시대는 이제 지났어." 그 말끝에 짓는 그녀의 환한 웃음은 슬프고도 맑았다. 그건 사람의 아름다움과 한계를 동시에 느끼게 하는 말이었다.

작년 연말에 지인들과 함께 이 영화를 봤다. 보고나서는 다들 눈가가 촉촉해진 것 같았다. 우리는 보고난 소감을 나누었다. 간호 일을 하고 있는 분은 눈물을 글썽이며, 더 진심으로 환자들을 대해야겠다고 말했다. 그건 마리안느와 마가렛, 두 '할매'가 일러준 말이었다. 43년 동안 매일 아침 환자들에게 인사와 함께 건넨 따뜻한 우유 한 잔으로, 소외된 이들을 초대해서 대접한 생일상으로 사랑의 실천을 보여주었다. 그들은 메마르고 삭막한 세상에 날아온 따스한 편지 한 통이었다. 둘은 자신들의 표현대로 '천막'을 접었지만, 이들을 목격하고 감명을 받은 이들은 각자 자신의 천막을 펴고, 진심으로 자신의 할 일들을 하게 되는 것이다.

과거에 비해 우리의 생활은 넘치도록 풍요하지만, 행복의 양이 그만큼 늘어난 것은 아니다. 물질적 풍요와 행복이 꼭 비례하는 것은 아닌 것이다. '행복'이란 정말 무엇일까? 수많은 연구 결과를 봐도 그렇다. 돈이 많다고 꼭 행복한 것은 아니라고 한다. 아마도 그건 마리안느와 마가렛처럼 자신이 가치 있게 여기는 일을 열심히 할 때 따라오는 게 아닐까?

마리안느와 마가렛의 미덕은 행복을 가르치는 것에서 한 걸음 더 나아가는 데 있다. 때가 되면 조용히 "천막을 접어야 한다"는 것. 우리는 할 수 있을 때 열심히 할 뿐이다. 누구나 좋든 싫든 천막을 접어야 할 때는 반드시 오는 거니까 말이다. 지혜로운 이라면 마리안느와 마가렛처럼 조용히 펼쳐놓았던 천막을 접고 말없이 사라질 것이다. 진정 가치 있는 일을 하고 세월이 흐른 뒤, "그 때 참 행복했어" 라고 말할 수 있는 노인이 된다면 얼마나 좋을까? 비록 몸은 여기저기 아프고 할 수 있는 일이 별로 없을 때라도 말이다. 소중한 추억만으로도 잘 늙어갈 수 있을지 모른다.

마리안느와 마가렛을 노벨평화상 후보로 올리기 위한 서명 운동이 계속되고 있다고 한다. 모르긴 해도 두 '할매'들은 정말 받고 싶지 않을 것 같다. 기쁘고 행복하게 봉사했던 그 자체가 이미 상이었을 테니까. 어쨌든 이들을 기리기 위한 재단도 생기고, 이분들의 이름을 딴 봉사학교도 생긴다고 하니, 그야말로 "작은 불꽃 하나가 큰 불을 일으켜" 곳곳을 환하게 밝히게 된 셈이다.

영화 내내 잔잔한 목소리로 해설을 하시는 시인 이해인 수녀님의 목소리가 반갑다. 맑은 시들로 우리의 마음을 정화시켜주었던 시인의 목소리를 들으며 오랜만에 유치환의 시 '행복'을 떠올린다.

"사랑하는 것은 사랑을 받느니보다 행복하나니라. 설령 이것이 이 세상 마지막 인사가 될지라도 사랑하였으므로 나는 진정 행복하였네라."

원래는 남녀 간의 사랑을 노래한 시다. 하지만 그 어떤 사랑이든 사랑에 관한 한, 먼저 사랑하고 먼저 손 내미는 것이 진리인 것 같다. 상투적으로 들릴 만큼 진부한 말이지만, 진리란 원래 그렇게 진부한 것이 아니겠는가.

'네이든 X+Y'

모건 매튜스 감독.

2014(영국)

인생에 공식이 있을까?

얼마 전 장애 아동들의 발표회를 볼 기회가 있었다. 서툴지만 온몸으로 노래하는 아이들의 모습은 감동적이었다. 순수한 아이들의 모습은 존재만으로도 소중함을 일깨우며, 마음을 정화시키기에 충분했다. 강하고 잘난 사람들만 인정받는 세상에서 지극히 연약하고 작은이들의 힘을 느낀 순간이었다.

사실 장애를 소재로 한 영화는 많다. 더스틴 호프만의 〈레인맨〉이나 톰 행크스의 〈포레스트 검프〉가 대표적이다. 최근에는 자폐를 앓는 아이가 디즈니 애니메이션을 통해 세상 밖으로 나온 특별한 이야기도 있다. 〈인생을 애니메이션처럼〉이라는 다큐멘터리가 그것이다. 〈뷰티풀 마인드〉나 〈굿윌 헌팅〉에서 보듯 괴짜 수학 천재는 영화의 단골소재다. 〈네이든〉은 자폐를 앓는 수학 천재 소년의 감동적인 이야기로 실제인물 대니엘 라이트윙의 이야기를 모티브로 삼았다.

타인과의 감정 소통이 힘들고 사회성이 부족한 소년 네이든은 그를 사랑하고 이해하던 아버지가 교통사고로 죽자 더욱 마음의 문을 닫는다. 그에게는 수학의 세계만이 전부다. 엄마는 그를 사랑하지만, 어떻게 다가가야 하는지 알 수 없어 고통스러워한다. 네이든은 수학 올림피아드 영국 대표로 나가게 되고, 합숙 훈련 도중 중국 대표인 소녀 장메이와 짝이 된다. 친절하고 다정다감한 그녀에게 유일하게 마음의 문을 열고 가까워진다. 그러던 중 장메이가 돌연 자신의 곁을 떠나게 되자, 네이든은 심한 혼란을 겪는다. 자신의 마음이 왜 아픈지, 어떤 공식으로 풀면 되는지 몰라 괴로운 것이다. 시험장을 뛰쳐나온 네이든이 엄마에게 묻는다.

"사랑에 대한 공식은 찾았어요. 그런데 이해가 안 돼요."

사실 네이든이 찾은 공식이란 건, 인터넷에 떠도는 복잡한 구조식으로 그저 흥미를 위한 부호들의 나열일 뿐인 것이다. 엄마는 장메이의 부재로 마음이 아픈 것을 알고, 아들이 알아들을 수 있게 설명을 한다.

"누군가 널 사랑한다면 그건 네게서 특별한 뭔가를 발견했기 때문이야. 네게 가치가 생겼다는 거지…"

그렇게 엄마와 소통을 시작한 네이든은 마침내 가슴 깊은 곳에 묻어두었던 질문을 꺼낸다. "아빠는 왜 죽었나요?" 라고. 눈앞에서 아빠의 사고사를 목격했던 네이든은 엄마와 함께 눈물을 흘리며, 비로소 아빠의 죽음에 대한 상처를 치유해나간다. 네이든은 이제 세상은 수학 공식만으로 풀 수 없다는 걸 배운 것이다.

"연애라도 할 수 있을지 모르겠다" 고 말하던 네이든 엄마의 걱정과 달리 실제 인물 대니엘 라이트윙은 캠브리지 대학을 졸업하고, 중국인 여자 친구와 결혼해서 구글에 입사하기에 이른다. 네이든 엄마에게는 꿈같았던 일이 그렇게 현실이 된 것이다. 때로 세상은 영화보다 훨씬 특별한 일이 이루어지기도 한다.

네이든의 깨달음처럼 사랑에는 공식이 없다. 인생도 마찬가지다. 수학 문제의 답처럼 딱 떨어지는 해답은 없다는 것이다. 혹 인생이 완벽하다면 공식이 있을지도 모르겠다. 하지만 한치 앞을 알 수 없는 게 인생이다. 예상치 못했던 불행이 닥칠 때 우리는 말한다. "어떻게 나에게 이런 일이 일어나지?" 라고. 하지만 세상에 일어나지 못할 일은 없다. 그리고 나 또한 예외가 될 수 없다. 그러기에 작가이자 정신과의사인 스캇 펙은 "삶이 고해苦海라는 건 인생의 진리"라고 했다. 어차피 인생은 고통을 피해갈 수 없다는 것이다. 하지만 그는 또 이어서 말한다.

"그러나 고해임을 인정하는 순간 더 이상 삶은 고해가 아니다."

이 말은 자신에게 주어진 일들을 받아들이고 인정하는 순간, 새로운 길이 열린다는 뜻일 것이다. 이것이야말로 닥쳐오는 불행에 대처하는 법, 즉 인생의 공식이 아닐까? 그러기에 혹자는 인생 모든 문제의 해답은 단하나, '받아들임'이라고 주장하기도 한다.

다시 장애에 대해 생각해본다. 누구보다 밝고 환한 얼굴로, 온몸으로 노래하고 춤추던 장애 아동들의 모습을 떠올려본다. 그 모습을 보며 나는 감히 생각해봤다. 어쩌면 연약하고 부족한 이들의 존재로 세상은 더 다채롭고 깊이가 있어지는 건지도 모른다고. 나보다 작고 연약한 존재의 가치를 알고, 존중하고 배려할 때만이 우리는 깊이와 성숙을 향해 나아갈 수 있다고 말이다. 진짜 장애는 역시 몸이 아니라 마음의 장애이므로.

우울한 현대인의 초상

'아노말리사'

찰리 카우프만, 듀크 존슨 감독.
2016(미국)

동네에 예쁘고 조용한 북 카페가 생겼다. 젊고 예쁜 새댁이 꾸려가는 곳인데, 비치된 도서의 수준이 엄청나서 깜짝 놀랐다. 수준 높은 인문학 도서로 벽면을 가득 채웠다. 너무나 마음에 드는 곳이었다. 공간을 채우는 클래식 음악까지도 마음에 쏙 들었다. 한 가지 흠이라면 너무 교양이 있는 곳(?)이라 친구들과 마음껏 수다를 떨지 못한다는 것이다.

어쨌든 어여쁜 새댁의 취향이 엿보이는 장식이 있는데, 바로 다자이 오사무의 책, 『인간실격』으로 한 쪽 벽을 가득 장식했다는 것이다. 자살한 일본의 소설가 정도로만 알던 나는, 서점 주인의 취향이 궁금하여 다자이 오사무에 대해서 검색해봤다. 『인간실격』을 애써 읽지 않은 것은 게으름 탓도 있지만, 어두운 정신세계에 빠져들까 봐 겁이 나서인지도 모른다. 5번의 자살 시도 끝에 죽은 이 지독한 허무주의자를 많은 사람들이 왜 그토록 좋아할까? 검색을 해보고 나니 조금은 그 이유를 알 것 같았다. 문장들이 너무나 마음에 들었다. 때로는 내 마음을 고스란히 대변해주는 듯했다. 아, 나도 우울이나 허무라면 일가견이 있는 사람인 것이다. 그리고 그것이 얼마나 고통스런 것인가도 잘 알고 있다.

세련된 애니메이션 〈아노말리사〉를 보고나니 문득 그 예쁜 북 카페가 생각났다. 〈아노말리사〉의 주인공인 중년 남자 마이클 스톤은 다자이 오사무 만큼이나 지독한 우울과 권태에 시달리는 인물이다. 다자이 오사무와 그를 비교하는 건 무리일까? 하지만 마이클 스톤, 그도 작가인데다 삶에 대한 애착이 전혀 없는 인물이다. 그가 고객서비스에 대한 책을 쓴 성공한 작가라는 건 아이러니다. 그를 만난 인물들은 그가 쓴 책의 방법대로 해서 매출이 늘었다며, 그를 추앙한다. 그런데 그가 만나는 모든 인물들은 그에게 하나로 목소리로 들린다. 바로 프레골리 증후군*(만나는 인물은 모두 한 사람이 변장해 나타난다고 여기는 망상)*때문이다.

그런 그 앞에 유일하게 제 목소리를 가진 인물이 나타나는데, 바로 '리사'라는 아가씨다. 마치 무채색의 세계에서 혼자만이 색깔을 가진 사람인 듯하다. 마이클은 그런 리사와 단번에 사랑에 빠진다. 맑은 목소리의 주인공 리사는 마이클 스톤의 절망적인 삶을 구원할 수 있을까?

영화의 철학적인 내용은 둘째 치고, 드물게 완성도 높은 성인용 애니메이션이라는 데 감탄하지 않을 수 없다*(스톱모션 애니메이션으로 3년여에*

걸쳐 1261개의 얼굴, 1000개가 넘는 의상과 소품을 사용해 118,089 프레임을 만들어 냈다고 한다. 경이롭기 짝이 없다. 놀라운 베드신까지도!).

결론부터 말하면 이 남자의 삶은 구원받지 못한다. 비록 남들은 알아보지 못하지만, '보석처럼 빛나는 여자'를 만났는데도 말이다. 아마도 인간관계는 그를 구원하지 못하리라. 성공의 자리에서 지독한 우울과 권태에 시달리는 이 남자를 구원하는 건 어쩌면 그 모든 걸 버리는 일인지 모른다. 일도, 가족도 다 내려놓고 아프리카든 어디든 떠나면 모를까. 처음부터 뭔가를 다시 시작하는 것 밖에는.

그의 삶은 죽은 삶이다. 리사를 만나 잠깐 반짝했지만, 다시 예전의 죽은 삶으로 돌아가는 마이클 스톤. 이 남자야말로 우울하고 병적인 현대인의 초상이다. 그는 어쩌다 여기까지 왔을까? 이에 비하면 잠깐 스친 사랑을 소중하게 품어 안는 아노말리사*(스톤은 리사에게 아노말리(anomaly, 변칙)를 더해 아노말리사라는 새 이름을 준다)*야말로 자신의 인생을 살 줄 아는 여인이다. 스톤에게 들려준 그녀의 노래처럼, "햇볕 아래를 거닐 줄 아는" 살아있는 사람이다.

베니스 영화제 심사위원 대상에 빛나는, 사람의 마음을 갖고 노는(?) 놀라운 애니메이션이다. 〈존 말코비치 되기〉와 〈이터널 선샤인〉의 천재 작가라는 찰리 카우프만의 작품을 놓치지 말기를. 그리고 일에서는 성공했지만, 내면은 황폐할 대로 황폐해진 마이클 스톤을 보며, 자신의 삶을 되돌아볼 수 있으면 좋겠다. 이 남자처럼 무엇으로도 돌이킬 수 없는 곳에 이르기 전에 말이다.

(사족을 덧붙이자면, 다자이 오사무는 "태어나서 죄송합니다" 라고 말하고 죽었다 한다. 한 때는 나도 그랬다. 세상에서 아무런 쓸모가 없는 존재라는, 끝없는 죄책감에 시달리던 그런 시절이 있었다. 나를 구원한 건 무엇이었을까? 나 같은 종류의 인간이 나 혼자가 아니라는 것을 알고부터가 아닐까? 그러므로 지나치게 심약하고, 예민하고, 필요 이상의 죄의식에 시달리는 인간을 보거든, 너무 한심하게만 보지 말기를. 더 너그러이 지켜봐주고, 더 오래 기다려주기를. 진정 그런 자신을 뛰어넘고 싶을 때 우리 예민한 족속들은, 때로 놀랄 만큼 용기 있는 사람으로 변하기도 하니까!)

한나라의 역사를 바꾼 사랑

‘오직 사랑뿐 A United Kingdom’

엠마 아산테 감독.

2016(영국)

“아프리카에선 아침에 눈을 떴을 때 행복하지 않았던 날이 단 하루도 없었다.”

소설가 헤밍웨이의 말이다. 아프리카 특유의 야성, 또는 생명력이 헤밍웨이로 하여금 그렇게 느끼도록 했을 것이다. 영화 〈오직 사랑뿐〉은 아프리카 남부에 위치한 보츠와나 공화국의 숨겨진 러브 스토리다. 평범한 백인 여성과 흑인 왕족 사이에 있었던 영화보다 더 영화 같은 감동 실화다.

보츠와나 공화국의 옛 이름인 베추아날란드의 왕자 ‘세레체 카마’는 영국 유학 중에 백인 여성 ‘루스 윌리엄스’와 사랑에 빠진다. 인종차별이 극심하던 시대에 이들의 사랑을 지지하는 이는 아무도 없었다. 하지만 모두의 반대를 무릅쓰고 결혼한 둘은, 함께 세레체의 나라 베추아날란드에 들어간다. 그 곳에서도 이들을 환영하지 않는 것은 마찬가지다. 왕위계승자의 위치를 박탈당할 처지에도 세레체는 사랑을 포기하지 않는다. 하지만 간절하고, 진심어린 호소에 부족회의는 그들을 받아들인다. 그러나 지배자인 영국은 자국의 이익을 위해 세레체를 베추아날란드에서 추방, 고국에 발을 디디지 못하게 한다.

세레체와 루스는 긴 싸움 끝에, 막 발견된 다이아몬드 채굴권을 미끼로 영국 정부에게서 권리를 쟁취한다. 마침내 세레체는 스스로 왕위를 포기하고, 국민이 주인이 되는 민주주의를 선포한다. 그리고 정식 투표에 의해 초대 대통령이 된다. 재위 기간 동안 사리사욕 없이 나라를 위해 헌신한 세레체는 베추아날란드, 즉 보츠와나 공화국이 안정된 나라로 가는 기틀을 마련하게 된다. 루스는 평생 에이즈 퇴치와 인종차별 철폐 인권운동가로 활동했다.

〈오직 사랑뿐〉이라는 국내 제목을 보면 마냥 달콤한 멜로드라마인 줄 착각하기 쉽다. 하지만 사랑 이야기는 전반부에 잠시 나올 뿐, 중후반부터는 루스가 베추아날란드에서 힙겹게 적응하며 그들과 소통해나가는 모습, 그리고 영국과 세레체의 힘겨운 싸움을 그리고 있다. 이들의 한결같은 사랑과 강인함, 때로는 울고 웃으며 힘든 과정들을 극복해나가는 모습은 무척 감동적이다. 그리고 기지를 발휘하여 강대국 사이에서 권리를 쟁취해나가는 장면은 일종의 뿌듯함까지 선사한다.

실화가 주는 스토리의 힘, 그리고 배우들의 뛰어난 연기와 묵직하게 이야기를 진행시켜 나가는 감독의 연출력이 보는 이의 마음을 움직이게 한다. 〈나를 찾아줘〉의 로자먼드 파이크가 루스를, 〈셀마〉에서 마틴 루터 킹을 연기한 데이빗 오예로워가 세레체를 연기했다. 그리고 가나 이민자 출신의 영국 감독 엠마 아산테가 담담하면서도 감동적인 연출력을 선보인다. 흑인 감독이기에 아프리카의 눈물과 아픔을, 그리고 그들의 정신에 담긴 우수성을 효과적으로 잘 드러내 보인 것 같다.

1966년에 독립한 보츠와나 공화국은 현재 아프리카에서는 드물게 내전이 없고 안정된 나라로 알려져 있다. 세계 최대 다이아몬드 생산지이며, 부정부패 없는 청렴한 나라이기도 하다. 보츠와나가 그 정도로 안정된 것은 초대 대통령인 세레체의 열망 덕분으로 보인다. 아프리카에도 변화가 필요하다며, "식민 지배를 받지 않으려면 주체적 시민으로 살아야 한다" 고 힘주어 외치던 그의 모습이 오래 기억에 남는다.

한 편의 영화를 통해 개인의 사랑이 한 나라의 역사를 바꾸는 것을 보게 된다. 가장 놀라운 것은 이 영화가 실화라는 사실이다. 영화를 보고나면 세레체와 루스의 한결같은 사랑과 믿음, 그리고 온갖 난관에도 지치지 않고 포기하지 않았던 강인함에 경의를 표하고 싶어질 것이다.

그러나 그들은 강인하다기보다 절박하고 절실했다는 표현이 더 맞을 것이다. 그리고 무엇보다 진실했다. 한 남자와 한 여자로서 서로에게 충실했고, 식민 지배를 받는 국가의 지도자로서 민족이 마땅히 걸어가야 할 길을 제시했다. 지식인으로서 배운 대로 했고, 느낌에 충실한 사랑을 했으며, 선택에 책임을 졌다. 사람이라면 마땅히 해야 할 일들일 뿐이었다. 자신의 자리에서 해야 할 최선의 일들을 했고, 결과는 아름다웠다. 영화의 엔딩 자막에 따르면, 넬슨 만델라는 그들의 유산을 "빛나는 영감의 지표"라고 했다.

보석 같은 이들의 사랑과 함께, 영화를 통해 아프리카의 아름다운 전통의식을 엿볼 수 있다. 헤밍웨이를 그토록 행복하게 만들었던 생명력과 야성의 힘, 그것은 서구의 물질문명이 결코 따라올 수 없는 유산이다. 그들의 전통에 담겨있는 평화와 화해, 공존의 정신은 우리가 마땅히 배워야 할 것들이다.

Picture

FOUR

순간이 모여
인생이 된다

※ 글루미 선데이 포스터의 저작권은 그린나래미디어㈜에 있습니다

그 노래는 자살곡이라 불린
글루미 선데이였지만, 결코 우울하거나
슬픈 곡조가 아니었다.

'앙리 앙리'
마르탕 탈보 감독.
2014(캐나다)

빛을 가져다주는 사람

따뜻함이 그리운 계절이다. 찬바람 따라 마음 한 구석도 덩달아 시리다면 한 편의 따뜻한 영화가 처방전이 될 듯하다. 〈앙리 앙리〉는 크리스마스 무렵에 어울리는 착하고 따뜻한 영화다. 캐나다 영화지만, 퀘백 지역이라 프랑스어를 쓰는 것이 인상적이다.

수녀원에서 자란 앙리는 '빛을 밝히는 재능'을 가진 순수한 청년이다. 수녀원의 조명을 담당하던 그는, 수녀원이 문을 닫게 되자 세상 속으로 나간다. 세상 물정을 모르는 그가 제일 먼저 만나는 사람은 시계 도둑이다. 그를 따뜻하게 맞아주는 이는 아무도 없다. 하지만 우연인지, 필연인지 조명가게를 발견하게 되고, 그곳에서 푸근한 인상의 직원 모리스를 만나서 함께 일을 한다. 괴팍한 노인 비노를 만나 친구가 되고,

극장 매표소 아가씨 헬렌을 만나 사랑을 느끼게 된다. 사연 많은 이들에게 착하고 순수한 앙리는 행복을 전하는 존재가 된다. "나는 사람들에게 빛을 가져다줘요"라고 한 그의 말처럼.

마르탕 탈보 감독은 오랜 기간 다큐멘터리를 찍던 사람이었다. 이 영화는 그의 첫 장편 데뷔작이다. 그는 어느 프로그램에서 대형쇼핑몰의 조명을 점검하고 교체하는 일을 하는 사람의 인터뷰를 보고 이 영화를 생각하게 되었다고 한다. 자신이 "어둠 속에서 빛을 가져다주는 일을 하고 있다"고 말했다는 것이다. 전구 교체하는 일을 그렇게 숭고하게 표현한 태도가 감독을 감동시켰다. 그래서 앙리라는 순수하고 희망적인 캐릭터가 탄생했다. 감독은 "어둠과 같은 팍팍한 현실 속에서 사람들이 따뜻한 위로를 받고, 희망을 가지도록 하고 싶었다"고 말한다.

처음 이 영화를 봤을 때 마음이 편하지 않았다. 주인공 앙리가 지나치게 착했기 때문이다. 아무리 어른을 위한 동화라지만, '저래서 세상을 어떻게 살아가나' 싶었던 것이다. 하지만 영화가 계속될수록 '동심'이라고 표현될 수 있는 순수함이 그의 힘이라는 것을 알 수 있었다. 동심을 지닌 청년 앙리의 눈에 세상은 새롭고 경이로운 것으로 가득하다. 괴팍한 노인에게 선입견 없이 친구가 되어주고, 눈 먼 소녀에게서 아름다움을 보고 사랑을 느낀다. 동심을 소유한 그의 눈은 사람들이 일반적으로 보는 것과 다르다. 그의 선함은 만나는 이들에게 '행복 바이러스'를 퍼뜨린다. 그의 소원대로, 전등불을 밝히듯 사람들의 어둠을 밝혀주게 된다.

영화 속 앙리의 모습에서 심리학자 칼 융이 말한 '놀라운 아이(Wonderful Child)'의 개념이 떠올랐다. 융은 타고난 모습 그대로의 자연스러운 아이를 그렇게 불렀다. '놀라운 아이'는 잠재력을 발휘할 수 있고, 경이로움과 창조적인 존재가 될 수 있는 모든 요소를 갖추었다고 했다. 어른이 되면서 우리는 그 '놀라운 아이'를 잃어버리게 된다. 그 결과 우리는 소로우의 말처럼 "조용히 절망하면서" 살아간다. 삶에 대한 새로움과 희망은 잃어버렸던 그 아이를 찾는 데서 오지 않을까. 우리 안에 타고난 '동심'을 되찾을 때, 삶에 대한 희망과 열정을 회복할 수 있을 것이다. 눈에 띄는 모든 것을 새롭고 경이롭게 여기는 앙리야말로 융이 말한 '놀라운 아이'였다.

최근에 가까워진 친구 중에 몹시도 착한 사람이 있다. 늘 남을 먼저 배려하고, 힘든 일은 나서서 하고, 베풀기를 좋아하는 사람이다. 보기 드물게 솔직하고 가식이 없다. 외모에도 별로 신경을 쓰지 않는다. 나는 그를 볼 때마다 자신부터 먼저 챙기라고 말하고 싶어진다. 앙리를 볼 때처럼 그가 걱정되는 것이다. 하지만 베푸는 것이 그의 기쁨인 것을 알기에 뭐라고 하지 못한다. 분명한 것은 그를 만나면 내가 기분이 좋아지고, 계속 보고 싶어진다는 것이다. 사람은 누구나 선한 것을 가까이 하고 싶은 것이다. 착한 것이 바보처럼 여겨지는 세상에서도 여전히.

성탄의 계절이다. 거리마다 반짝이는 트리의 불빛들이 아름답다. 보고 있노라면 마음도 따스해진다. 세상은 팍팍하고 어둡지만, 그럴

수록 마음을 밝고 환하게 해주는 것들을 찾아 나서자. 〈앙리 앙리〉처럼 착하고 따뜻한 영화와 함께라면 추운 겨울도 한결 잘 견뎌낼 수 있을 것 같다.

'플로렌스'
스티븐 프리어스 감독.
2016(영국)

노래에 살고, 사랑에 살고

'플로렌스 포스터 젱킨스' 여사는 지독한 음치다. 그런데도 당당히 음반을 냈으며, 카네기홀에서 공연한 경력도 있다. 이 불가능한 조합은 어떻게 된 것일까? 그녀가 카네기홀에서 공연을 한 시기는 1944년이었다. 객석은 빈자리 없이 들어찼고, 공연은 성황리(?)에 끝났다. 무엇보다 음악을 사랑하는 그녀가 지독한 음치이고, 자신은 이 사실을 몰랐다는 곤혹스런 일을 어떻게 해야 할까? 더구나 사랑하는 남편*(휴 그랜트)*은 그녀의 환상을 유지시키기 위해 끊임없이 애쓴다.

메릴 스트립이 연기한 플로렌스의 노래를 들으면 킥킥대는 웃음이 절로 나오지만, 갈수록 그녀를 말려야 할지, 응원해야 할지 난감해하는 상황에 이르게 된다. 이는 영화 속에서나 밖에서나 마찬가지인 듯하다. 반주를 하는 피아니스트 '맥문'의 난처해하는, 어쩔 줄 몰라 하는 표정이 이런 심리를 고스란히 대변해준다.

영국판 〈플로렌스〉 이전에 프랑스판 〈마가렛 여사의 숨길 수 없는 비밀〉이 있었다. 같은 인물의 이야기를 각색하여 조금씩 다르게 영화화한 것이다. 사실 프랑스판은 좀 더 잔인하다. 우여곡절 끝에 이 여인은 자신이 지독하게 노래를 못하며, 사람들이 자신을 혹독하게 비웃는다는 걸 깨닫고 쓰러진다. 그리고 죽는 것으로 끝이 난다. 이 여인이 끊임없이 노래에 집착한 이유는 외로움 때문이었다. 남편은 영국판의 휴 그랜트처럼 그녀를 애지중지 사랑하지도 않는다. 이게 좀 더 현실에 가까운 결론일 것이다. 대개 현실은 영화보다 냉혹하므로. 가련한 그녀가 쓰러지고 바로 끝나버리는 엔딩은 어쩐지 씁쓸한 뒷맛을 남긴다.

하지만 영국판은 좀 더 따뜻해 보인다. 이 가련한 여인이 사실을 알고 쓰러지는 건 같다. 하지만 눈을 감기 전, 명배우 메릴 스트립의 입을 통해 멋진 대사를 남긴다. 충격으로 쓰러진 플로렌스는 간신히 눈을 뜨자, 미소를 띠고 말한다.

"사람들은 내가 노래를 못한다고 할 순 있어도, 노래를 안했다고는 못할 거예요."

듣고 있던 남편 베이필드는 "부라보"를 외치고, 플로렌스는 평안하게 눈을 감는다. 이런 그녀의 초긍정은 인간승리로까지 보인다. 어쨌든 그녀는 노래를 했고, 음반을 냈고, 카네기홀의 꽉 찬 객석을 향해 자신만만하게 연주를 했다. 그것도 '밤의 여왕 아리아'와 같은 고난도의 노래를.

그녀를 응원하게 되는 이유 중 하나는 언제 죽을지 모르는 병을 안고 산다는 것이다. 그녀가 늘 갖고 다니는 서류 가방은 유언장이었고, 그만큼 그녀는 죽을 준비를 항상 하고 있었다. 남편 베이필드가 딱하리만치 그녀의 환상을 지켜주려 애쓰는 것은 어쩌면 당연해 보인다. 언제 쓰러질지 모르는 플로렌스에게 유일한 기쁨이자 살아가는 이유가 음악이었으니.

"1퍼센트의 재능과 99퍼센트의 자신감"이란 수식어가 붙은 여인. 하지만 플로렌스가 99퍼센트 자신감이 있었던 건 아니다. 그녀에게도 두려움은 있었다. 열정과 용기로 헤쳐 나갔을 뿐이다. 그리고 그녀에게는 음악에 대한 사랑과 인간에 대한 연민이라는 미덕이 있었다. 사실 그녀의 지독한 음치는 병으로 인한 청력 상실의 결과라는 말도 있다.

어쩌면 이 여인은 훌륭한 성악가는 아니지만, 뛰어난 아티스트가 아니었을까? 무엇보다 음악을 사랑해서 음악으로 퍼포먼스를 벌인 최초의 행위예술가 말이다. 그토록 많은 이슈를 몰고 다녔고, 또한 가수 데이빗 보위가 그녀의 음반을 소장하고 있었다는 건 무얼 말하는 걸까? 그렇게 음악을 사랑했고, 열정으로 가득했던 그녀가 아티스트가 아니면 무엇일까. 아마도 데이빗 보위는 음악을 진심으로 사랑하는 마음을 스스로 놓치지 않기 위해서 그녀의 음반을 반복해서 들었는지도 모른다.

마지막 장면에 그녀가 감미로운 목소리로 아름답게 노래하는 모습이 나온다. 그녀의 머릿속에서 생각했던, 환상 속의 장면이다. 메릴 스트립이 처음이자 마지막으로 노래 실력을 제대로 발휘한다. 따지고 보면 아무리 훌륭한 예술가라도 자신의 이상에 도달한 자는 없을 테니, 크게 보면 결국 도진개진 아닌가 하는 생각까지 하게 된다. 정확한 음정, 박자 이상으로 소중한 게 결국 음악과 인생에 대한 사랑 아닌가 말이다. 그녀를 보며 용기와 열정만 있으면 나머지는 어떻든 다 될 거라는 무모한(?) 생각까지 해본다. 적어도 이것을 빼놓고 되는 일은 아무것도 없을 테니.

'미스 페레그린과 이상한 아이들의 집'
팀 버튼 감독.
2016(미국)

판타지 영화를 보는 이유

〈나니아 연대기〉의 작가이자, 기독교 변증가인 C. S 루이스에게 누군가 물었다고 한다. 당신은 자녀를 낳아 기른 적도 없으면서 어떻게 동화를 썼느냐고. 그의 대답은 이랬다. 누구나 한 때는 어린아이지 않았느냐고.

뉴욕 타임즈 선정 45주 연속 베스트셀러이자 그래픽 노블로도 유명한 랜섬 릭스의 〈미스 페레그린〉시리즈가 영화로 만들어졌다. 판타지 영화의 거장이라는 팀 버튼 감독과의 조합이란 점이 특히 주목을 끌었다.

'해리 포터' 시리즈와도 비교가 되는 이 영화는 아동용일까, 성인용일까? 아마도 성인용도, 아동용도 아닌 그 중간 어디쯤에 자리하고 있어서, 모두를 아우르고 있다고 봐도 좋을 것이다. C.S. 루이스의 말대로 누구나 한 때는 어린아이였고, 영원한 소년 피터 팬은 어른들의 마음 한 구석에 늘 자리하고 있기에, 성인용이라 해도 무방할 것이다. 그리고 아이들이 보기엔 기괴하고 무서운 장면도 꽤 있어서 주 대상은 어른이라고 보는 게 맞는 것 같다.

이 영화의 미덕은 무엇보다 재미있다는 것이다. 에이사 버터필드가 연기하는 소년 제이크의 환상적인 모험담이 흥미진진하게 펼쳐진다. 외로운 소년 제이크는 할아버지의 의문스런 죽음을 목격하고 나서, 시간과 공간을 넘나드는 신비한 곳으로 초대된다. 미스 페레그린(송골매)으로 불리는 새가 특별한 능력을 가진 아이들을 보호하는 곳이다.

제이크가 만나는 아이들의 능력은 놀랍다. 누구는 공중에 떠오르고, 공기를 자유자재로 다루고, 또 누구는 놀랄 만큼 힘이 센가 하면, 모습이 보이지 않는 투명인간도 있고, 벌을 몸 안에 넣고 다니는 아이도 있다. 무엇보다 놀라운 건 여기서 발견하게 되는 제이크의 특별한 능력이다. 제이크는 더 이상 초라한 왕따 소년이 아닌 것이다.

영화는 한 소년의 모험담과 성장담이 곁들어진 판타지지만, 자세히 들여다보면 단순한 오락 영화가 아니다. 아이들이 트라우마를 이겨내고 당당하게 자기 몫을 해내는 이야기이고, 반전(反戰)의 목소리도 뚜렷하다. 그리고 무엇보다 흥미로운 건 작가의 놀라운 상상력과 이를 스크린에 아름답게 표현해낸 팀 버튼의 연출력이다. 팀 버튼 감독은 어느 인터뷰에서 "나도 어릴 때 '별종' 취급을 받았다"며, 영화의 주제를

"특이함에 대한 찬가"라고 표현했다. 미스 페레그린 역의 매력적인 배우 에바 그린도 "남과 다른 모습을 받아들이고 부끄러워하지 말라는 훌륭한 메시지가 담긴 영화" 라고 말했다.

판타지 영화다운 신비로움과 영상미가 빼어난 영화다. 다만 한 가지 아쉬운 것은, 소년 제이크가 자신의 능력을 발견하고, 적들을 물리치고 나자 신비한 나라에서 저희끼리만 산다는 것이다. 제이크가 왕따 당하던 현실로 다시 들어와 당당하게 살 수는 없을까? 우리가 판타지 영화를 보는 이유도 현실을 재구성하고, 다시 현실을 살아낼 힘을 얻는 것이면 좋겠다. 바라건대 그것이 바로 우리가 판타지 영화를 보는 이유가 되었으면 한다.

신비한 능력의 아이들 속에서도 제이크의 능력은 독보적인데, 바로 무시무시한 괴물의 모습이 자신의 눈에만 보이는 것이다. 이 놀라운 능력을 가지고, 자신들만의 세계에서 전쟁을 피해 살아가는 아이들의 모습, 그만큼 작가의 세계관은 비관적이다. 이 세상에는 희망이라고는 없다고 말하는 것으로 보인다. 이토록 흥미진진하고 아름다운 판타지 영화 속에 숨은 이 지독한 염세주의라니. 신비하고도 슬픈 이 판타지의 다음 시리즈에서 제이크는 다시 세상으로 돌아올 수 있을까?

사랑만이 구원일까?

'나의 사랑, 그리스'
크리스토퍼 파파칼리아티스 감독.
2015(그리스)

때로 영화는 세상을 보는 창이 되기도 한다. 이 영화에는 오늘날 그리스가 처한 상황이 고스란히 담겨져 있다. 심각한 경제위기와 난민 문제, 극우파들의 테러로 그리스는 말할 수 없이 몸살을 앓고 있는 것이다. 이 위기는 국민 한 사람 한 사람의 삶에 깊숙이 들어와 모두의 발목을 묶어놓고 있다. 국가의 총체적 위기에서 자유로운 사람은 아무도 없다.

영화는 모두 세 편의 사랑 이야기로 구성되어 있다.

첫 번째 이야기의 제목은 '부메랑'이다. 정치에 관심이 많은 여대생 '다프네'는 괴한에게서 그녀를 구해준 시리아 청년 '파리스'와 사랑에 빠진다. 시리아 난민과 그리스 젊은이의 사랑이다. 난민들 때문에 나라가 혼란스럽다고 여기며, 이들을 쫓아내는데 앞장서는 극우파 아버지로 인해 이들의 사랑은 무참히 깨진다.

두 번째 이야기는 '로세프트 50mg'이다. 우울증 약 로세프트를 복용하는 중년의 그리스 남자 '지오르고'는 회사 매각의 위기와 부인과의 갈등으로 끔찍한 스트레스에 시달린다. 그러던 중 바에서 우연히 만난, 아름다운 스웨덴 여인과 하룻밤을 보낸다. 하지만 알고 보니 이 여인은 구조조정을 위해 파견된 직장상사였다. 지오르고는 갈수록 압박과 번민에 시달리지만, 자신의 아들에게만큼은 편안한 환경을 만들어주고 싶은 평범한 아빠이기도 하다. 마냥 차가워 보이는 스웨덴 여인 '엘리제' 역시 지오르고와의 사랑, 그리고 자신의 업무와 책임 사이에서 갈등과 혼란에 빠지게 된다.

세 번째 이야기는 '세컨드 찬스'다. 독일에서 온 교수 '세바스찬'은 마트에서 만난 '마리아'에게 도움을 받고, 서로 위안을 얻는 존재가 된다. 같은 시간, 같은 장소에서 만나 특별한 인연이 되는 60대 커플의 사랑 이야기이다. 세바스찬은 마리아에게 끊임없이 그리스 신화 이야기를 해주면서 배경이 그리스임을 상기시킨다. 노년의 사랑을 지나치게 낭만적으로 그린 것이 어떨지 모르겠다. 하지만 영화는 보는 내내 말한다. "우리는 서로 다르지만 사랑하는 모습은 모두 같다"라고. 이 세 번째 이야기가 없었다면 영화는 훨씬 딱딱했을 것이다. 노년의 사랑 이야기가 있어 한결 부드럽고 따뜻한 영화가 되었다. 화면의 색감도 세 개의 이야기 중 가장 화사하다.

영화는 20대, 40대, 60대의 사랑 이야기다. 각각의 이야기인 것 같지만, 후반부로 가면 하나의 이야기로 합쳐지는 것이 영화를 돋보이게 만든다. 세대별 사랑 이야기인 셈인데, 알고 보면 우리는 모두 이리저리 끈이 이어져 있는 유기적 존재가 아니겠는가. 세대별 사랑 이야기가 한 가족의 이야기로 모아지는 것이 이 영화의 가장 특별한 매력인 것 같다.

또한 영화 깊숙이 스며있는 현재 그리스의 상황을 생생하게 보며, 국가의 위기와 혼란 앞에서 누구도 자유로울 수 없음을 절실히 느낀다. 그 나라가 신화와 낭만의 나라 그리스라는 것에 더 마음이 아픈 건지도 모르겠다. 영화가 끊임없이 강조하는 대로 에로스가 유일한 답인지는 모르겠지만, 그밖에 다른 대안이 있을까? 그러므로 "사랑만이 구원인가?" 라고 묻는다면, 대답은 여전히 "예스"가 될 수밖에 없다. 에로스가 인생의 유일한 답은 아닐지 모르지만, 그만큼 강력한 해답도 없음을 인정해야 할 것 같다.

중년 남자 지오르고를 연기한, 배우 출신 감독 크리스토퍼 파파칼리아티스의 멋진 모습과 연기를 확인할 수 있다. 각본까지도 그가 담당했으니 참 재능이 많은 사람이다. 〈위플래쉬〉의 명배우 J. K. 시몬즈의 로맨틱한 연기를 감상하는 재미도 각별하다. 영화는 로맨스의 옷을 입고 있지만, 결코 단순한 로맨스 영화가 아니다. 현재 그리스가 처한 아픔이 고스란히 담긴, 현실의 옷을 입은 사랑 이야기다. 한 마디로 현실이 담겨있는 웰 메이드 로맨틱 영화라고 하면 되겠다. 시대적 아픔 속에서도 여전히 사랑을 아름답게 노래하는 것이야말로 신화의 나라 후예들다운 건지도 모르겠다. 여전히 사랑이 답이다.

차가운 세상을 따뜻하게 데우다

'원더'
스티븐 크보스키 감독,
2017(미국)

빵집을 지나다 '공갈빵'을 봤다. 달콤하고 바삭바삭하지만 속이 텅 비어있는 빵. 나는 자석에 끌리듯 들어가 공갈빵을 샀다. 먹어보니 기억만큼 달콤하지도 바삭하지도 않았지만, 어쩐지 행복한 마음이 되었다. 어릴 때 극장에서 영화를 보고나오면, 아버지께서 사주시던 바로 그 빵이다. 아버지와 함께 본 영화가 무엇이었는지는 기억나지 않는다. 무술영화를 봤던 것 같은데, 달콤하고 바삭바삭하던 공갈빵 맛만 또렷하다. 〈월하의 공동묘지〉같은 아주 무서운 영화도 봤던 것 같다. 어린 나는 너무 무서워서, '어른들은 저런 걸 대체 왜 보는 거지?'했다. 지금도 나는 공포영화를 잘 보지 못한다. 취향에 따라 다르겠지만 나는 착한 영화가 좋다.

프랑스 영화 〈코러스〉를 볼 때였다. 합창단을 조직해서 말썽꾸러기 아이들의 정서를 순화시키고 사랑으로 교육하는 선생님의 이야기, 착한 영화였다. 보고나서 어땠느냐는 내 질문에 함께 본 이가 말했다. "영화는 좋지만, 세상은 이렇게 험한데…"라고. 세상과 동떨어진 영화, 한 편의 동화 같을 뿐이라는 거다. 하지만 나는 생각해본다. 세상이 거칠고 험하기에 착하고 좋은 영화를 보고, 잊고 있던 내면의 선함을 일깨우는 것. 그것이 영화의 중요한 기능이 아닐까 하고. 영화 〈원더〉는 그렇게 착하고 따뜻한 영화다. 우리 마음속에 담겨있는 선한 것들을 일깨운다. 보고 나면 낯선 이에게 친절한 말 한 마디를 더 건네고 싶어진다. 진심으로.

〈원더〉는 선천성 안면기형 장애를 앓고 있는 '어기'와 가족의 이야기다. 홈스쿨링을 하던 엄마는 어기가 10살이 되자, 세상으로 내보낼 때가 되었다고 생각한다. 헬멧으로 얼굴을 가린 채 자기만의 소우주에 갇혀 살던 어기는 냉혹한 세상에 나가게 된다. 어기는 27번의 성형수술을 견뎌낸 용감한 아이지만, 모두가 기다리는 크리스마스보다 얼굴을 감출 수 있는 할로윈 데이를 더 좋아한다. 세상 밖, 중학교에 들어간 어기를 향한 외부의 시선은 냉정하고 혹독하다. 하지만 밝고 긍정적인 어기는 가족과 친구들의 도움을 받으며 조금씩 바깥세상에 적응하고 성장해나간다.

용감하게 세상을 마주하는 어기뿐 아니라, 그를 둘러싼 가족과 친구 등 여러 인물들이 각자의 스토리를 가진 주인공으로 표현되는 것이 영화를 더욱 빛나게 한다. 자신의 세상에서 우리 한 사람 한 사람은 모두가 주인공인 것이다.

"외모는 바꿀 수 없어요. 우리의 시선을 바꿔야죠."

"힘겨운 싸움을 하는 모든 이에게 친절하라."

이런 깊이 있는 명대사들이 마음을 감동시킨다. 개봉관에서 보고 상영관이 몇 개 없었던 것이 몹시 안타까웠던 기억이 난다. 영화는 갈수록 가벼운 오락물에만 자리를 내어주고 있다. 많은 사람들이 찾아봤으면 좋겠다. 이 영화를 함께 본 몇 분은 영화가 끝나자 박수를 쳤다. 영화를 보고 박수를 치는 것은 참 오랜만의 경험이었다. 박수의 의미는 무엇이었을까? 영화에서 받은 감동, 그리고 진심어린 공감의 의미였을 것이다. 나 역시 그랬다. 영화를 보고나서 엘리베이터를 탔는데, 낯선 이에게 미소를 짓고 있는 나를 발견했다. 타인에게 친절한 '좋은 사람'이 되고 싶다는 생각에서 우러나온 자연스러운 행동이었다.

차가운 세상을 따뜻하게 데워줄 이 영화는 R. J. 팔라시오의 베스트셀러 소설 『원더』가 원작이다. 뉴욕타임즈 선정 베스트셀러에 118주나 이름을 올린 것으로 유명한데, 우리나라에는 『아름다운 아이』라는 제목으로 소개되었다. 그래픽 디자이너였던 작가는 자신의 아이들에게 들려주고 싶은 이야기를 소설로 썼다고 한다. 실제로 어기와 같은 처지의 소녀를 아이스크림 가게에서 만난 경험을 소재로 해서 글을 쓴 것이다. 영화 후반에 깜짝 출연한 그녀의 반가운 모습도 확인할 수 있다. 어기의 지혜로운 엄마로 출연한 중년의 줄리아 로버츠의 모습도 반갑다.

가족들과 함께 보면 더없이 좋겠다는 생각을 한다. 각자의 일로 바쁜 가족들을 불러 모아 함께 본다면 참으로 멋진 '저녁이 있는 삶'이 될 것인데, 쉽지는 않을 것이다. 하지만 함께 영화를 보고, 서로 느낌을 이야기한다면 아이들에게 평생 따뜻한 기억으로 남아있을 것이다. 오랜 세월이 지나도 잊히지 않는 '공갈빵의 추억'처럼 아주 달콤하고 행복하게 말이다. 그렇게 어린 시절 행복한 추억이 많은 사람은 절대 인생을 함부로 살지 않는 법이다.

행복은 숨어서 우리를 기다린다

‘글루미 선데이’
롤프 슈벨 감독.
1999 (헝가리, 독일)

여행하기 좋은 계절이다. 어디론가 훌쩍 떠나고 싶지만 마음처럼 쉽지는 않다. 이럴 때 한 편의 영화를 통해 낯선 곳으로 여행을 떠나보는 건 어떨까. 〈글루미 선데이〉는 헝가리의 수도 부다페스트를 여행할 수 있는 매력적인, 아니 매혹적인 영화다. 다소 무거운 분위기지만, 낭만적이고 우수어린 부다페스트의 감성이 듬뿍 담겨있다.

유태인인 자보는 부다페스트에서 레스토랑 ‘자보’를 경영하고 있다. 다정다감한 그는 아름다운 직원 일로나와 사랑하는 사이다. 자보와 일로나 사이에 예민한 감수성의 피아니스트 안드라스가 나타난다. 일로나는 갈등하지만 두 사람 모두를 사랑한다. 그들이 그렇게 자신들만의 세상에서 평화롭게 지내는 사이, 나치는 세력을 점점 확장해나간다. 이 무렵 일로나를 사모하던 독일인 한스가 대령이 되어 나타난다. 나치 치하가 된 그곳은 그들만의 세상을 자유로이 내버려두지 않는다. 한스의 배신으로 자보는 수용소로 끌려가고, 안드라스도 모멸감으로 이미 죽은 후였다. 이 모든 비극 속에서 일로나는 기어이 살아남아 꿈꾸던 것을 이룬다.

영화의 가장 독특한 점은 안드라스가 작곡한 '글루미 선데이'가 끊임없이 흐른다는 것이다. 그리고 이 곡은 영화의 우수 어린 분위기를 한껏 고조시킨다. 실제로는 1935년 레조 세레스가 작곡한 곡으로, 이 노래를 들은 많은 사람이 죽음을 선택했다는 이야기로 알려져 있다. 하지만 노래 때문에 죽음을 선택했다는 것은 다소 과장되었다는 설이 맞는 것 같다*(적어도 내게는 달콤하고 낭만적으로 들렸을 뿐이니)*. 당시 사회 분위기가 그만큼 어두웠고, 노래도 그만큼 널리 유행했기에 만들어진 이야기일 것이다. 작가 닉 바르코프는 '자살곡'이라는 오명을 쓰고 있던 이 노래를 소재로 소설을 쓴다. 『슬픈 일요일의 노래』라는 제목이었다. 소설은 독일 출신의 감독 롤프 슈벨에 의해 영화로 만들어지고, 전 세계적으로 사랑을 받았다. 우리나라에서도 세 차례나 개봉되었고, 이제는 헝가리를 대표하는 영화가 되었다.

한때 헝가리는 자살률 1위라는 불명예를 가진 나라였다. 그 후 그 불명예는 우리나라 것이 되었고, 현재는 OECD 국가 중 2위가 되었다고 하지만 너무나 가슴 아픈 일이다. 문득 영화 〈고령화가족〉의 첫 장면이 생각난다. 실패한 영화감독 인모*(박해일)*가 죽으려고 할 때, 전화벨이 울린다. 닭죽을 먹으러 오라는 엄마의 전화였다. 망설이던 인모는 엄마 집으로 가서 김치를 곁들여 닭죽 한 그릇을 먹고 나서, 다시는 그런 일을 벌이지 않는다. 자신의 처지와 상관없이 삶이 얼마나 소중한 것인가를 깨달았기 때문이다.

원작인 소설『고령화가족』의 첫 장을 펼치면 이런 문장이 나온다. “언제나 텅 비어있는 컴컴한 부엌에서 우리의 모든 끼니를 마련해준 엄마에게” 라고. 작가 천명관은 그 소설을 그렇게 엄마에게 바쳤다. 영화감독을 꿈꾸었다는 그도 어쩌면 그런 경험(?)이 있었는지 모른다. 적어도 그런 생각은 해봤을 것이다. 한 그릇 음식이 우리를 살고 싶게 한다면, 노래 하나가 죽고 싶게 만드는 것도 허황된 이야기는 아닐 수 있겠다. 그토록 연약한 것이 우리 인간들이다.

헝가리 출신의 작가 임레 케르테스는 노벨문학상(2002)을 받은 소설『운명』에서 이렇게 말했다.

“내가 나아갈 길 저만치에 행복이 피해갈 수 없는 덫처럼 숨어서 나를 기다리고 있음을 안다. 가스실 굴뚝 옆에서의 고통스러운 휴식 시간에도 행복과 비슷한 무언가가 있었기 때문이다.”

14살에 아우슈비츠로 끌려간 체험을 소설로 녹여낸 그의 고백이다. 그에 말에 따르면 가장 비참했던 수용소에서도 일상의 행복 같은 것이 잠시나마 존재하더라는 것이다. 행복을 덫으로 표현한 것이 무척이나 독특하다. 생각지도 못한 순간에 행복이 문득 나를 낚아챈다니, 참으로 가슴 설레지 않는가. 영화 속 일로나는 사랑하는 두 남자를 다 잃고, 자신도 무참히 짓밟히는 속에서도 살아남았다. '글루미 선데이'의 우울한 목소리에 귀 기울이지 않고, 모든 것은 다 지나간다는 걸 알았다. 그래서 "덫처럼 숨어있던 행복"이 자신을 찾아왔을 때, 기쁜 마음으로 노래를 흥얼거렸다. 그 노래는 자살곡이라 불린 '글루미 선데이'였지만, 결코 우울하거나 슬픈 곡조가 아니었다.

거장들이여, 날을 세워라

‘카페 소사이어티’
우디 알렌 감독.
2016(미국)

‘헤일 시저’
코엔 형제 감독.
2016(미국)

할리우드는 꿈의 공장이다. 새해 들어 할리우드가 배경인 영화 두 편을 봤다. 거장이라는 명칭이 무색하지 않은 작가주의 감독들의 영화다. 두 편 모두 무척 보고 싶었는데, 개봉관에서 시기를 놓쳐 보지 못했던 영화다. 기대가 너무 컸던 탓일까? 생각만큼 깊이와 감동이 있는 영화들은 아니었다. 뭐랄까, 날이 무디어진 느낌 같은 걸 받았다.

사견이지만 우디 알렌 감독의 경우, 〈로마 위드 러브〉부터는 명성에 미치지 못한다는 생각이다. 재치와 유머는 여전하지만, ‘영화를 너무 쉽게 만드는 게 아닌가’라는 생각이 드는 것이다. 이번 영화 〈카페 소사이어티〉의 경우는 조금 더한 것 같았다. 화면은 아름답고, 재미있는 대사들도 많았지만, 뭔가 상투적이고 헐거웠다. 무엇보다 배우들이 어울리지 않는다는 생각이 들었다. 주인공 바비 역의 제시 아이젠버그와 보니 역의 크리스틴 스튜어트는 꿈을 가지고 할리우드에 입성하는 청춘시절은 어울렸다. 하지만 젊디젊은 두 배우가 나이 들고 속물이 되는 후반부는 어울리지 않았다. 화려한 캐스팅도, 감독의 명성도 이 심심한 영화를 빛나게 하지는 못했다. 하지만 재치와 유머는 여전히 넘쳤고, 화면과 여배우들은 아름다웠다. 바비를 연기한 제시 아이젠버그의 순수한 매력도 좋았다.

나에게는 〈카페 소사이어티〉가 새해 들어 찾아 본 첫 번째 영화였다. 우연히도 영화 내용 중에 주인공들이 새해를 맞이하는 장면이 나온다. 젊은 날 연인이었던 바비와 보니가 각자 새해를 맞이하며 씁쓸한 미소를 띠는 장면이다. 마치 "젊은 날은 다 지나갔어. 한낱 꿈이었어. 이제는 현실을 받아들이고 좀 더 현명해져야 해" 라고 말하는 것 같다. 그리고 그것은 올해 80세를 훌쩍 넘긴 감독 우디 알렌의 목소리로 들린다. 한때 그토록 재기발랄한 작가이자 감독이었던 그도 이제는 정말 노인이 된 것이다. 피 끓는 젊음의 열정과 반항 대신 어느새 노쇠함이 자리 잡았다고 생각하면 씁쓸해진다. 힘과 젊음은 빠져나가지만 깊이까지 놓치면 안 될 일이다.

어쨌거나 1930년대의 뉴욕, 파리의 세련된 카페를 드나들던 사교계의 명사, 셀레브리티를 일컫는 말인, 〈카페 소사이어티〉는 한 번쯤 볼 만한 '예쁜 영화'라고 할 수 있다. 비록 감독의 명성에는 못 미치지만, 그 시절의 풍경과 의상(샤넬이 참여했다)을 감상하거나 로맨틱한 기분에 젖고 싶다면 충분히 추천할 만하다.

코엔 형제의 〈헤일 시저〉의 경우는 한결 더 신선하고 재미있었다. 〈카페 소사이어티〉가 1930년대 할리우드가 배경이라면, 〈헤일 시저〉는 할리우드의 황금기라는 1950년대다. 이 영화 역시 코미디라는 장르답게 코믹 요소가 많고, 무엇보다 극중극이라 할 수 있는 종교극, 뮤지컬, 수중발레 등의 볼거리가 매력을 더한다. 그 시대의 극들을 그대로 펼쳐놓아서 아주 흥미롭다. 조지 클루니, 조슈 브롤린, 스칼렛 요한슨, 랄프 파인즈 등 훌륭한 배우들의 연기도 작품의 완성도를 높인다.

그런데 문제는 영화가 너무 순하다는 것이다. 순한 것도 좋지만 그것이 코엔 형제의 영화라면 이야기가 달라진다. 〈노인을 위한 나라는 없다〉, 〈파고〉, 〈인사이드 르윈〉까지 내가 본 그들의 영화는 대체로 독했다. 그리고 적어도 내게는 그 의미가 확실히 전달되지 않아 알쏭달쏭한 세계이기도 했다. 시련의 의미를 찾아가는 〈시리어스 맨〉의 경우는 더욱 그랬다. 아마 재미로 치면 〈헤일 시저〉가 가장 재미있게 본 작품일 것이다. 그런데 뭔가 좀 아쉬웠다. 내가 원래 알던 코엔 형제 그대로 70~80퍼센트 정도만 이해되었으면 좋겠다는 엉뚱한 생각이 든 것이다. 이것은 작가의 색깔이 달라졌을 때 마주치는 당혹스러움인지도 모르겠다. 작품이 순해지고, 재미있어지는 것은 그들도 나이가 들었다는 것일까? 물론 코엔 형제가 할리우드에 바치는 애정이요, 헌사라는 측면에서 보면 영화의 색깔은 충분히 이해가 가는 것이다.

이제 새로운 해가 시작되었다. 좋든 싫든 별수 없이 나이를 한 살 더 먹으며 생각해본다. 나이를 먹을수록 잃은 것과 얻은 것 사이에서 중심을 잘 잡아야 한다고. 또한 나이가 들어야만 얻을 수 있는 미덕을 잘 붙들어야 한다고. 잃는 것은 젊음과 힘이겠지만, 대신 얻을 것은 지혜와 깊이가 아니겠는가. 이 지점이 거장들에게 기대한, 아쉬운 무언가일 것이다. 순하고 부드러워지는 건 좋지만, 젊은 날 열정적으로 갈았던 칼날이 무뎌지거나 녹이 슬면 안 될 것이다.

그나저나 나도 이제 나이를 한 살 더 먹고 매사에 시큰둥해진 것은 아닐까? 거장들의 작품 앞에서 이토록 인색한 평을 겁 없이 해대니까 말이다.

성공과 인기에는 독이 있다

'쇼콜라'
로쉬디 젬 감독.
2017(프랑스)

'벨 에포크'는 좋은 시절이란 뜻으로 19세기 말 프랑스를 말한다. 가장 풍요로웠던 시절이었기에 프랑스인들은 끊임없이 그 시절을 그리워한다고 한다. 영화 〈쇼콜라〉는 벨 에포크 시대를 풍미했던 광대들의 이야기다.

한 때 인기 있었지만, 지금은 별 볼일 없는 광대 '푸티트'는 식인종을 연기하는 흑인 '쇼콜라'를 만나 영감을 얻는다. 둘은 최초의 흑백 콤비가 되어 엄청난 인기를 얻고, 꿈의 무대인 파리의 누보 서커스단까지 진출하여 스타가 된다. 하지만 한번 인기를 맛본 경험이 있는 푸티트와 달리, 난생 처음 엄청난 인기에 취한 쇼콜라는 도박과 여자에 돈을 탕진하며 방황한다.

노예 출신에 신분증조차 없는 쇼콜라는 철창신세가 되고, 그곳에서 만난 흑인 혁명가로부터 자아에 눈 뜨는 계기를 맞는다. 흑백차별이 심한 그 곳에서 아무리 인기를 얻어봤자, 희화화된 짐승에 불과하다는 걸 깨닫게 된 것이다. 그 후 그는 진지한 연극에 도전, 흑인 오셀로 역을 하지만 모두의 비웃음을 살 뿐이다. 마침내 병들고 초라한 모습으로 죽어가는 그의 앞에 나타난 푸티트. 그가 죽어가는 침대 옆에는 푸티트와 쇼콜라가 콤비로 활약했던 시절의 포스터로 가득하다. 둘이 함께 사람들을 웃겼던 시절이 그에게는 벨 에포크였음을 말해주는 것이다.

재미있는 것은 쇼콜라 역은 프랑스 최고의 흑인 배우 오마 샤이가 연기하는데, 푸티트 역할은 찰리 채플린의 외손자 제임스 티에레가 한다는 것이다. 그는 "역시 채플린의 피가 흐르는구나" 라는 탄성이 절로 나올 만큼 빛나는 연기를 보여준다. 마임 창작과 연기를 비롯해서 고뇌에 찬 한 광대의 모습을 훌륭하게 보여준다.

하지만 광대 쇼콜라의 일생을 지켜보던 나는 내내 마음이 안타까웠다. 그는 자신의 재능이 준 돈과 인기를 그렇게 도박과 여자에 탕진할 수밖에 없었을까? 푸티트는 마임을 구성하고, 재능을 알아보고, 함께 일하는 것 외에 왜 아무 것도 해주지 않을까? 그러고 보면 영화는 참으로 냉정하다. 가엾은 광대 쇼콜라가 인기를 얻고, 그 인기 때문에 방황하고, 병들어 죽어가는 모습을 있는 그대로 보여준다.

이 모습을 보면서 풍요로움이 과연 좋기만 한 것인가를 생각해보게 된다. 어쩌면 쇼콜라는 작은 무대에서 식인종 역할로 아이들을 겁주고, 사람들을 웃기며 사랑하는 여인과 시골에서 살았으면 더 행복했을 것이다. 그러고 보면 친구라고 주장하는 백인 푸티트 역시 쇼콜라를 철저히 이용했을 뿐인지도 모른다. 방황하는 쇼콜라를 보며 한 번이라도 진심으로 마음 졸여본 적이 있었을까?

나는 이 영화의 제목이 '쇼콜라'가 아니라, '푸티트와 쇼콜라'였으면 더 좋았을 거라고 생각한다. 쇼콜라 개인의 흥망성쇠가 아니라 푸티트와 쇼콜라의 관계에 더 집중했으면 한결 깊이가 있고 풍성했으리라 생각된다. 한때 성공했으나 불행한 삶을 살다간 쇼콜라의 일생을 지켜보는 건 씁쓸한 일이다. 영화는 인기와 성공에 들어있는 인생의 독을 이야기하고 싶었는지도 모른다.

그럼에도 위로가 되는 것은 푸티트와 쇼콜라의 진짜 모습이다. '영화의 아버지'라 불리는 뤼미에르 형제의 필름 속에 들어있는 푸티트와 쇼콜라의 실제 공연 장면은 지금 봐도 익살스럽고 유쾌하다. 그 때 그들은 사람들을 웃기며 무대에서만큼은 진정 행복했을 것이다. 그 때가 그들에게는 진정한 벨 에포크였다.

또 하나 생각해보는 건 '자신에게 주어진 재능이 자기만의 것일까?'라는 것이다. 재능으로 주어진 풍요로움이 나쁜 것이 아니라, 자신만의 향락을 위해 쓸 때 그것은 독이 되어 돌아올 수밖에 없다는 것이다. 그러므로 이타적 삶이란 결국 자신을 위한 것이라는 알게 된다. 그러니 인기나 성공은 그것에 취해 방황하지 않을 자신이 있을 때만 와야 할 것 같다.

어렴풋이나마 자아에 눈뜬 광대 쇼콜라는 '오셀로' 역을 진지하게 해냈다. 하지만 관객들은 야유한다. 그의 진정한 절망은 그때였는지 모른다. 그가 조금만 더 영리했더라면 세상이 알아주는 광대로서의 기쁨을 만끽하고 살았을 텐데... 죽음 앞에서야 겨우 그 사실을 알았으리라. 비참한 흑인들의 생활을 목격한 그가, 자신이 가진 것으로 가난한 그들을 도와주었더라면, 프랑스의 마르틴 루터 킹이 되었을지도 모르는 것을... 재능 많은, 그러나 외롭고 불행했던 한 생애를 지켜본 안타까움은 이런 부질없는 생각까지 들게 한다. 차별의 시대에 갇혀 비천함과 유명세 사이에서 방황했던 한 불행한 광대의 이야기가 마음을 아프게 한다.

‘포스’가 함께 하기를

‘로그원 : 스타워즈 스토리’
가렛 에드워즈 감독.
2016(미국)

〈스타워즈〉는 전설적인 영화다. 첫 편을 언제 대면했는지 기억이 나지 않는다. 〈스타워즈〉의 시작을 알린 것은 1977년이었다. 내가 이 영화를 처음 봤을 때가 언제였는지 기억이 나지 않지만, 뭔가 새로운 세상이 펼쳐진 것 같던 기억은 또렷하다. ‘세상은 무한히 넓은데, 나는 이렇게 좁은 곳에 갇혀 하루하루를 소비하고 있구나’ 라는 막연한 불안감(?)에 시달리던 청소년기였다. 〈스타워즈〉의 세상은 끝없이 광활한 우주였고, 은하계에는 인간만이 아닌, 수많은 종족들이 넘쳐났다. 온갖 우주 괴물(?)들이 넘쳐나는 영화의 장면들은 가히 충격적이었다.

그 후에도 〈스타워즈〉시리즈는 죽 계속되었고, 중간에 한두 편을 놓치자, 나는 더 이상 스토리를 잘 알 수 없게 되었다. 매니아 층만 열광

하는 영화가 되어버린 것 같았다. 〈스타워즈 에피소드 4〉가 실은 첫 번째 영화라는 것은 후에 알았다. 이 시리즈는 공부해야 알 수 있는 것이 되었다. 현재까지 총 7편이 개봉되었다.

세월이 흐르고, 레아 공주 역의 배우 캐리 피셔가 심장마비로 세상을 떠났다는 소식을 듣게 되었다. 〈스타워즈 에피소드 8〉에 출연하였고, 머잖아 개봉을 앞두고 있다고도 했다. 레아 공주가 죽었다는 소식을 들은 다음날이 〈로그원〉의 개봉일이었다. 일정이 없고 무료하던 참이라 극장에 가서 영화를 봤다. 재미있는 건 그 날의 관객의 대부분은 10대나 20대 정도의 청년이었다. 몇 명 되지 않는 장년층*(그것도 더 드문 아줌마)*에 끼어 약간 멋쩍은 기분을 감춘 채 영화를 봤다.

영화는 아주 재미있었다. 우주에서 벌어지는 SF를 좋아하는 나의 취향 때문이기도 할 것이다. 홍보 문구 그대로 스타워즈 시리즈의 스토리를 모르는 사람도 충분히 즐길 수 있는 영화였다. 인물이나 설정은 같더라도 전혀 새로운 이야기인, 이른바 '스핀오프' 영화인 것이다. 그리고 시리즈의 첫 번째 영화인 〈스타워즈 에피소드 4〉 직전의 이야기였다. 주제는 희망이었다.

펠리시티 존스가 연기하는 또롱또롱한 눈빛의 여전사가 좋았고, 카시안 역의 디에고 루나도 매력적이었고, 무엇보다 견자단이 연기하는 전통적인 액션이 아주 멋있었다. 그런데 배우들을 살펴보면 영국, 멕시코, 덴마크, 홍콩, 파키스탄 등등 다양한 나라의 연기파들을 골고루 캐스팅했다는 것을 알 수 있다. 다분히 의도가 있는 캐스팅 같다. 할리우드의 낯익은 얼굴들만 등장하는 게 아니라, 다양한 국가, 다양한 인물들의 조합인 것도 이 영화의 신선한 매력의 하나인 것 같다.

별 일 없이 주변이 잘 돌아가고, 걱정이라곤 없는, 어느새 권태로워진 날들 속에서 우주의 전투를 본다는 게 좀 아이러니했다. 사실 내적인 전투는 항상 벌어지고 있지만 말이다. 영화관에 앉아 시원하고 달콤한 에이드를 마시며 '별들의 전쟁'을 보고나니, 기분이 상쾌해졌다. 세상은 치열한데, 너무 한가한 신선놀음이 아닌 가 생각해보지만, 이 또한 한참 유행했던 '휘게', 또는 '소확행'의 개념이라 생각하면 위안이 된다. 하지만 일이 있으면 있어서 힘들고, 없으면 또 없어서 우울한 나란 인간이 대체로 난감한 건 사실이다. 시간만 나면 끊임없이 회의하고 번민하고, 마음속 전투를 벌이는 자신이 싫어서, 행동하는 여전사를 통해 대리만족을 하는 게 아닌지.

융은 말했다. 중년기 이후에는 지금까지 살아온 것과 반대의 기질들을 꽃피워야 행복하게 살 수 있다고. 그 이론대로라면 지금까지 이상주의자, 몽상주의자로 살아온 나는 현실주의자로 나머지 인생을 꽃피워야한다. 가능할까? 이상주의에 행동하는 현실주의자로서의 모습을 갖춘 여전사, 진 어소를 보며 다짐해본다. 이제는 생각만이 아니라 '행동하는 사람'이 되어보리라. 이것이 〈로그원 : 스타워즈 스토리〉가 내게 준, 선물 같은 메시지다.

“"May the force be with me.”

포스가 나와 함께, 또한 그대와 함께 하길.

영화를 위한 변명

'스파이 브릿지'
스티븐 스필버그 감독.
2015(미국)

영화에 대해 이야기하는 책을 내고, 신문에 영화 칼럼을 쓰게 됐다. 삶과 영화를 버무린 에세이니 가능한 일이었다. 단지 평론이었다면 나의 몫이 아니었을 것이다. 책을 건넨 까닭으로 매거진에 영화 리뷰도 쓰게 됐다. 심리학 공부를 해봤다는 이유로 영화를 통해 마음을 들여다보는 강의까지 하게 됐다.

나는 갈수록 바빠졌다. 더 이상 영화를 볼 시간도 없거니와, 전처럼 영화 앞에서 마음이 설레지도, 애타게 찾지도 않게 됐다. 마치 오래 사귄 연인, 아니 부부처럼 시큰둥해져버린 것이다. 때로는 더럭 겁이 나기도 해서 '어쩌다 내가 영화를 대상으로 책을 썼지?' 라는 생각을 했다. 그러면 나의 용감무쌍함이 후회되기도 했다.

그러면서도 한편으로는 이런 생각을 해본다. 한 편의 좋은 영화를 만난다는 것은, 마치 좋은 친구 한 명을 사귀는 것과 같다고. 두 시간 남짓 대화를 하고 나면 오래 남을 친구가 되는지, 다시는 떠올리고 싶지 않은 사람이 되는지가 결정이 되는 것이다.

언젠가 가까운 친구에게 말한 적이 있다. "이제 더 이상 영화를 보고 싶지 않아"라고. 그러자 친구가 웃으며 말했다.

"영화는 진짜가 아니니까 그렇지."

하지만 정확하게 말하면, 더 이상 내 마음을 뜨겁게 하는 영화를 만나지 못했기 때문이다. 또한 시간 여유가 있다고, 함부로 영화를 볼 수 없기 때문이기도 했다. 영화가 미치는 정서적 힘을 알기 때문이었다. 귀한 시간과 에너지를 아무 영화에나 쏟아서 낭비할 수 없는 일인 것이다. 그러다 이 영화 〈스파이 브릿지〉를 만났다. 별로 흥행하지도 못했고, 어느 틈에 스르르 사라져버린 영화였다. 감독인 스티븐 스필버그의 이름에 끌렸고, 출연 배우가 아카데미 남우조연상을 받았다는 기억이 떠올라서 고른 영화였다.

화면 내내 푸른빛이 가득한 야누스 카민스키의 촬영이 멋있었다. 그리고 진짜가 아님을 알면서도, 눈앞에 벌어지고 있는 영화 속의 세상에 설득되었다. 음악이 좋았고, 톰 행크스는 여전히 믿음직스러웠다. 그리고 스필버그 감독은 영화가 영화다우려면 어떻게 해야 하는지 너무나 잘 알고 있었다. 마침내 영화가 끝나고, 주인공들의 실제 이야기가 자막으로 흘렀다. 그러자 나는 영화라는 멋진 연인을 향해 다시 한

번 마음이 뜨거워졌다.

영화는 1957년, 미국과 소련의 핵무기 경쟁이 한창일 때, 체포된 스파이를 맞교환했던 한 변호사의 이야기다. 보험 전문 변호사였던 제임스 도노반은 소련 스파이였던 루돌프 아벨의 변호를 맡게 된다. 당시는 스파이라면 무조건 사형 언도를 받는 살벌한 시대였다. 그런 적국의 스파이를 변호한다는 이유로 제임스 자신은 물론 가족까지 위협을 받게 되지만, 그는 스파이에게도 변호의 권리가 있다는 소신을 굽히지 않는다. 그리고 스파이이자 화가인 아벨과 신뢰관계를 형성하게 된다. 그는 혼란한 동베를린으로 들어가 자국의 포로들과 아벨을 맞교환하는 임무를 수행한다. 현실적인 불리함 앞에서도 원칙과 소신을 꿋꿋하게 지키는 휴머니스트의 이야기는 언제나 감동적이다.

개인적으로 가장 좋았던 장면은 제임스 변호사가 그 고단하고도 힘겨운 임무를 마치고 돌아와, 자기 집 침대에서 곯아떨어지는 장면이다. 최선을 다해 자신의 임무를 감당하고, 마침내 집으로 돌아와 푹 쉬는 것, 인생에 그 이상 더 무엇이 있을까? 우리의 한 생애 역시 그러할 것이다. 그때그때 자신의 일에 최선을 다하고, 마침내 본향으로 돌아가 푹 쉬면(?) 그만인 것을.

나는 이 영화가, 그래도 영화가 필요한 이유를 말해주는 영화라고 감히 말해본다. 이념이 모든 것을 지배했던 지나간 한 시대를 돌아보게 하고, 인간의 존엄성을 깊이 새기게 하는 영화다. 늙은 스파이 아벨 역의 마크 라이런스는 그 독보적인 연기로 당당히 아카데미 남우조연상을 받았다. 나이 든 톰 행크스는 여전히 멋지고, 미국의 양심 역할을 훌륭하게 해낸다. 그 모습을 보며, 그래도 미국의 정신은 살아있는 모양이라고 여기게 되는 것이다.

인간 헤밍웨이를 만나다

'헤밍웨이 인 하바나'
밥 야리 감독.
2016(미국, 캐나다)

한 해의 끝에 서면 언제나 후회할 일이 많다. 새해가 되면 또 새로운 다짐을 할 것이다. 산다는 것은 후회와 다짐의 연속인지도 모른다. 작가 헤밍웨이는 말년에 쿠바에서 살았다. 1939년부터 1960년까지, 쿠바의 공산화로 인해 미국으로 추방되기 전까지다. 〈헤밍웨이 인 하바나〉는 유명작가가 되어 부와 명예를 누리지만, 결코 행복하지 않은 말년의 모습을 볼 수 있다.

편지 한 통의 인연으로 헤밍웨이의 초대를 받은 마이애미 글로브 기자 마이어스는 쿠바로 날아간다. 바다낚시를 즐기며 자유분방한 삶을 즐기는 헤밍웨이. 마이어스는 그를 파파라 부르며 따른다. 하지만 헤밍웨이의 내면은 이미 황폐해져있다. 한없이 다정한 모습을 보이다가도 돌변, 폭언을 퍼붓는가 하면 자살 충동에 시달리곤 한다. 그럼에도 마이어스는 그에게서 부성을 느끼며, 소중한 삶의 지혜와 교훈을 얻고 돌아온다. 영화는 여기까지를 다루며, 아름다운 쿠바의 풍광과 함께 실제 헤밍웨이가 살았던 저택의 내부를 구경할 수 있다. 그가 즐겨 찾았던 카페와 혁명 전 혼란스러웠던 쿠바의 모습도 볼 수 있다.

미국에 돌아와 정신 치료를 받던 헤밍웨이는 결국 죽음을 선택한다. 우울증, 알코올 중독, 부상으로 인한 육체의 고통 등이 이유였을 것이다. 아버지의 자살, 정신질환을 앓던 가족력도 영향을 미쳤을 것이다. 쿠바에서 추방당한 것도 이유 중 하나가 아니었을까. 더 이상 글이 써지지 않는다는 것도 그가 가진 고통의 하나였던 것 같다. 최고의 작가 헤밍웨이에게 문학은 무엇이었을까? 첫 번째 부인과 행복했던 때를 회상하며, 아름다웠던 그 시절에 대한 글을 쓰겠노라고 말하는 장면이 있다. 자신이 저질렀던 불륜에 대한 죄책감을 드러내기도 한다. 그 때가 가장 순수하고 인간적인 시절이었다고 한다. 부와 명예를 모두 가진 그가 잃어버린 것은 무엇일까? 그는 끝내 그 시절에 대한 글을 완성하지 못하고 죽는다.

헤밍웨이의 문장은 '하드보일드 스타일'로 유명하다. 잡다한 수식어 없이 쉽고 간결한 문장들이다. 노벨문학상을 받게 한 『노인과 바다』도 동화로 착각할 만큼 쉽고 단순한 문장들로 이루어져 있다. 그는 사냥, 낚시 등과 같은 남성적인 스포츠를 즐기며 남자다움을 과시한 것으로 알려져 있지만, 내성적이고 소심한 면이 많았다고 한다. 문장은 간결

하나 그의 내면은 무척이나 복잡하고 혼란스러웠던 셈이다.

"인간은 파괴될 수는 있어도 패배하지는 않는다."

널리 알려진 이 문장은 『노인과 바다』에 등장하는 구절이다. 미국에 돌아와 정신 치료를 받다가 끝내 자살로 삶을 마감한 헤밍웨이. 그의 정신은 무너져 내렸지만, 문학 속에서만은 살아남았다. 『노인과 바다』의 주인공 산티아고처럼 인생이라는 사납고 거친 바다에서 누구보다도 열정적으로 싸웠던 것만은 분명하다. 긴 싸움 끝에 남은 것은 '물고기의 뼈'뿐이라 할지라도. 가장 쉽고 단순한 문장들 속에 인생의 심오한 진리를 담은 작가임이 새삼스레 느껴진다.

영화 〈킹스맨〉에서 인용한 헤밍웨이의 명언이 있다.

"남보다 뛰어나다고 고귀한 자가 되는 것이 아니다. 과거의 자신보다 우수한 것이야말로 진정으로 고귀한 것이다."

헤밍웨이는 과거의 자신을 넘어서는 글을 쓰고 싶었지만 이루지 못했던 것 같다. 과거의 자신을 넘어서는 것이 반드시 글이어야만 했을까? 불같은 성격의 그가 늙고 무력해져가는 자신의 노년을 못 견뎌했던 것은 아닐까?

천재들의 삶이 평범한 우리와 다름도 어쩔 수 없으리라. 불꽃처럼 살다가 스러진 그의 열정과 모험 정신이 그립다. "인생이 갖는 소중한 가치는 기꺼이 위험을 감수한다는 거야"라는 말에 담긴 헤밍웨이의 진심을 느낀다. 마이어스는 그 말을 자기 삶의 신조로 삼았다. 관찰자 마이어스를 통해 보여준 〈헤밍웨이 인 하바나〉는 인간 헤밍웨이에 대한 궁금증과 이해의 폭을 넓혀준다. 쿠바의 아름다운 풍광은 보너스다.

한 해를 마무리하는 시점이다. "과거의 자신보다 우수한 것이 고귀한 것"이라는 헤밍웨이의 말을 기억하며, 과거의 나보다 조금이라도 나아진 점이 있다면 힘찬 응원의 박수를 보내자. 그 누구보다 나 자신에게.

후회 없는 삶을 위하여

'대니 콜린스'
댄 포겔맨 감독.
2015(미국)

영화를 보는 즐거움 중 하나는 배우를 보는 것이다. 영화 〈대니 콜린스〉는 명배우 알 파치노를 보는 즐거움이 있다. 〈대부〉의 알 파치노가 직접 노래를 하고 록 스타를 연기한다. 슈퍼스타 대니 콜린스는 부와 명예를 모두 가졌지만 술과 마약으로 하루하루를 보내고 있다. 그런 그에게 자신의 인생을 돌아볼 기회가 생긴다. 40년 전, 무명 시절의 그에게 보낸 존 레논의 편지가 뒤늦게 도착한 것이다. 그 편지는 그가 그간 잃어버렸던 것을 찾아 나서게 한다.

영화는 실화를 소재로 한다. 신인가수 스티브 틸스턴의 인터뷰를 본 존 레논이 편지를 보낸 것이다. 인터뷰 내용은 이렇다. "앨범이 잘 팔리고 유명해지면, 음악 작업에 악영향을 끼칠 것 같나요?" 라는 질문에 스티브 틸스턴이 대답한다. "그럴 겁니다. 저는 두려워요." 그 기사를 본 존 레논이 편지를 쓴다.

"네가 유명해져도 달라질 건 없어. 너 하기에 달렸어. 네 음악과 너 자신에게 충실해."

그리고는 자신의 전화번호를 적어주고, 만나서 이야기를 나누자고 한다. 그 편지는 40년 후에야 주인공에게 전달된다. 이 놀라운 이야기를 바탕으로 〈대니 콜린스〉라는 영화가 탄생했다. 감독인 댄 포겔맨이 직접 각본을 썼다. 주인공으로 알 파치노를 점찍어놓고 썼다고 한다. 감독의 집요한 러브콜로 그의 명품 연기와 노래를 감상할 수 있게 되었다. 알 파치노가 연기하는 대니 콜린스. 그는 슈퍼스타가 되었지만, 삶은 이미 망가져버렸다. 매일 밤 자살을 꿈꾼다. 그러던 그가 뒤늦게 도착한 존 레논의 편지를 품에 안고 잠을 이루지 못한다. 그리고 중얼거린다.

"이 편지를 진작 받았더라면 내 인생이 달라졌을 거야."

그는 후회스러웠던 과거를 되돌리기 위해 한적한 뉴저지로 여행을 떠난다. 그리고 자신이 정말 부르고 싶었던 노래를 만들고, 잊고 살았던 아들과의 관계를 회복하려 한다.

알 파치노의 맛깔스런 연기와 감칠 맛 나는 대사들, 그리고 영화 사이사이에 흐르는 존 레논의 음악들이 영화 보는 즐거움을 풍성하게 한다. 아네트 베닝과의 연기 호흡도 멋지다. 〈사운드 오브 뮤직〉의 대령, 크리스토퍼 플러머가 매니저를 연기하는 것이 이채롭다. 풍성한 음악이 귀를 즐겁게 하고, 감동적인 스토리는 인생에 대해 생각해보게 한다. 자극적이고 단순한 오락물에 지쳤다면 기꺼이 이 영화를 권하고 싶다.

초반부의 열광적인 공연 장면은 그룹 '시카고'의 콘서트 현장이라고 한다. 휴식 시간에 촬영한 것인데, 6천 명의 관객 앞에서 펼치는 알 파치노의 춤과 노래를 즐길 수 있다. 영화를 보고나면 경쾌한 노래 'Hey Baby Doll'이 귓가를 맴돌고, "내 마음은 봄인데, 낙엽이 떨어지네"라는 알 파치노의 잔잔한 노랫소리가 잊히지 않을 것이다. 흥행에 실패했지만 좋은 영화들이 참 많은데, 이 영화가 그렇다. 알 파치노와 존 레논의 환상적인 조합인데, 이 영화는 왜 관객들에게 외면당했을까?

최근 우리나라에서 유독 관람 열풍을 몰고 온 영화에 대해 의견을 묻는 이가 있었다. 나는 조심스럽게 대답했다.

"그 영화가 내 삶과 무슨 관련이 있는지 모르겠어."

영화는 취향에 따라 호불호가 심하다. 나의 경우는 취사선택이 뚜렷한 편이다. 짜릿한 쾌감만을 선사하는 영화에는 좋은 점수를 주지 않는 것이다. 나의 삶, 그리고 우리 인생에 대해 생각하고 돌아보게 하는 영화에 높은 점수를 주게 된다. 그런 의미에서 나는 영화 〈대니 콜린스〉에 높은 점수를 준다. 어떻게 사는 것이 잘 사는 것인지를 생각하게 만들기 때문이다. 노년이 되어 뼈저린 후회가 없으려면 어떻게 해야 하는지 한 번쯤 생각해봤으면 좋겠다.

새해가 되니 지인이 한해 소망을 물어온다. 나이 들수록 소망이 추상적인 것, 내적인 것이 되는 게 나만 그런 건지. "기쁘게 살았으면 좋겠어"라고 대답한다. 그러자 늘 '일'을 말하던 지인도 '건강'이라고 말한다. 몸과 마음의 건강이 무엇보다 중요하다는 걸 알 만큼 나이가 들어버린 모양이다.

'보이후드'

리차드 링클레이터 감독.

2014(미국)

순간이 모여 인생이 된다

우리는 영화에서 무엇을 기대할까? 액션영화나 공포영화를 볼 때의 짜릿한 느낌, 혹은 로맨스영화를 볼 때의 달콤한 대리만족일까? 아니면 예술영화를 볼 때의 깊은 감성이나 영감, 또는 리얼리티를 추구하는 영화에서의 교훈이나 깨달음일까? 영화 〈보이후드〉는 일반적으로 우리가 본 어느 영화에도 속해있지 않은 특별한 영화다.

자신의 어린 시절을 다룬 영화를 찍고 싶던 리차드 링클레이터 감독은 6살의 소년을 캐스팅해서 특별한 프로젝트를 진행한다. 6살에서 18살까지 12년에 걸쳐 해마다 일정한 분량의 영상을 찍는 것이다. 〈비포 선라이즈〉를 비롯한 '비포'시리즈의 배우인 에단 호크와 함께 이 특별한 장기 프로젝트를 진행한다. 다큐멘터리가 아닌 극영화를, 같은 배우를 써서 그렇게 오랫동안 찍은 경우는 없었다.

찬사를 받았던 링클레이터 감독의 또다른 작품 '비포' 시리즈가 흡사 하긴 하다. 에단 호크와 줄리 델피가 각각 20대, 30대, 40대로 등장한다. 이 영화는 9년마다 한 번씩 찍었다고 한다. 배우와 극 중 인물의 나이를 똑같이 설정한 것이 가장 흥미롭다. 〈비포 선라이즈〉에는 비엔나를 배경으로 풋풋한 20대의 사랑, 〈비포 선셋〉은 파리에서 30대의 성숙한 모습, 〈비포 미드나잇〉은 그리스를 배경으로, 사랑하지만 일상에 찌든 채 싸움으로 지쳐가는 중년의 모습을 담았다. 같은 배우가 연기하는, 세월의 흔적이 고스란히 담긴 영상을 지켜보는 것이 영화의 가장 큰 매력이었다.

〈보이후드〉는 6살 소년 메이슨이 18살이 되어 부모의 품을 떠나는 과정을 고스란히 담았다. 한 소년의 일상을 담은 영화지만, 영화라기에는 드라마틱한 사건이 별로 없다. 미국이라는 배경에서 오는 문화적 차이가 있을 뿐, 너무나 평범한 일상의 연속이다. 하지만 160분이라는 시간 동안, 한 배우가 소년에서 청년으로 변해가는 모습을 지켜보는 것은 시간이 펼치는 일종의 마법 같다. 마치 하나의 씨앗이 순식간에 싹이 나고 꽃이 피고 열매가 맺히는 고속촬영 영상을 보는 것 같다.

한 소년의 성장기인 동시에 가족 이야기라 할 수 있는 〈보이후드〉에서 가장 인상적인 장면은 이것이다. 청년이 된 메이슨이 대학에 가기 위해 집을 떠난다. 짐을 싸는 아들을 지켜보던 엄마는, 아들이 너무 신나한다며 화를 낸다. 싱글 맘으로 두 아이를 키우며 치열하게 살아온 엄마다. 이제 남은 건 장례식뿐이라던 그녀는, 결국 울음을 터뜨리며 말한다.

"나는 인생에 뭔가 더 있을 줄 알았어."

앞만 보고 치열하게 달려온 한 인생의 고백인 셈이다. 그리고 또 하나 잊을 수 없는 장면은 영화의 마지막 장면이다. 대학 오리엔테이션 날, 메이슨은 처음 만난 친구들과 하이킹을 간다. 그들이 대자연의 아름다움에 취해 있을 때 친구가 말한다.

"이런 순간을 붙잡고 싶다 말하지만, 실은 순간이 우리를 붙잡는 거야."

그러자 메이슨이 미소를 지으며 말한다. "시간이란 영원한 것"이고, "붙잡을 수 있는 순간이란 건 바로 '지금'이라는 시간뿐"이라고. 그 순간 영화는 끝이 난다. 청년이 된 메이슨의 앞에는 어떤 일이 펼쳐질까?

개봉관에서 이 영화를 봤을 때 울었던 기억이 난다. 어느새 다 커버린 아들의 엄마로서 지나간 세월이 떠올랐기 때문이리라. 꿈처럼 흘러가버린 시간들, 아이를 지켜보며 울고 웃던 시간, 그 순간들은 다 어디로 갔을까? 아들의 하교 시간이 늦어져 애태우던 때, 처음 연극 발표회를 하던 모습, 이사 온 첫 날, 첫 운동회, 첫 반성문을 쓴 날, 아들이 처음 엄마의 '뽀뽀'를 거부하던 때(*영화 속 메이슨처럼*)... 아들을 키우는 것은 딸을 키우는 것과 다르다는 것을 너무 늦게 알았다. 생각해보면 엄마로서 후회의 순간이 더 많은데, 어느새 아들은 청년이 되어버렸다.

아주 오랜만에 가족이 모였다. 청년이 된 두 아이가 집을 떠난 후로 네 식구가 함께 무엇을 한 기억이 별로 없다. 아이들은 집에 오면 주로, 집에서 밥을 먹고 텔레비전을 보며 뒹굴고 싶어 한다. '집밥'을 먹으며 쉬고 싶어 하는 것이다. 그런데 그 날은 좀 특별했다. 함께 전시장을 가고, 점심을 먹고, 산책을 하고, 술상을 곁들인 저녁밥을 먹었다. 안주는 어릴 적 함께 한 추억이었다. 기분이 좋아진 우리는 지난 이야기들을 풀어놓았다. 서로에게 준 상처들까지 떠올리며, 미안하다는 말을 주고받았다. 행복했던 그 날의 추억은 함께 걷다가 찍은 네 개의 그림자 사진으로 저장되어있다. 바라건대 영원히 잊지 않았으면 좋겠다.

우리들 인간은 망각의 동물이다. 사랑했던 기억, 소중했던 추억들을 쉽사리 잊는다. 상처는 오래 잊지 못한 채 쌓아놓고 분노하면서. 〈비포 선라이즈〉와 〈비포 선셋〉에서처럼 서로를 그토록 애틋하게 그리워하던 연인들이 결혼을 하고나면 치열하게 싸운다는 걸 〈비포 미드나잇〉이 생생하게 보여준다. 사랑이 이루어지고 나면, 사랑했던 기억을 어찌 그리도 쉽게 잊을까. 사랑하기는 너무 어렵고, 싸움은 너무 쉽다고 영화는 말한다. 그토록 애틋하게 사랑했던 이와 그리도 치열하게 싸우는 모습을 보여주는 〈비포 미드나잇〉은 우리의 거울이다. 인생이란 그런 것이라고, 어쩔 수 없는 거라고 말하는 것 같다. 하지만 정말 그럴까. 누군가의 말처럼 인생은 사랑하고 살기에도 너무 짧은 것을.

'비포' 시리즈의 배우 에단 호크는 〈보이후드〉에서 메이슨의 아빠로 출연한다. 에단 호크는 메이슨에게 "사랑은 타이밍"이라고 말한다. 지금은 자신이, 이혼한 전 부인인 메이슨의 엄마가 그토록 바라던 '범생이'가 되어 있노라고. 진작 왜 그렇게 되지 못했던가 하는 회환이 묻어난다. 하지만 시간은 되돌릴 수 없다. 그리고 어쩌면 그 때는 그것이 최선이었을 것이다. 작가 켄 가이어는 말했다.

"삶에서 놓쳐버린 순간들이 얼마나 많은가. 난 걸음을 늦추기로 했다. 그런 순간들이 찾아올 때 알아볼 수 있도록. 더 이상 놓치고 싶지 않다. 인생은 너무 짧다. 그리고 너무 성스럽다."

바쁜 일정 속에서 헉헉대다가 문득 걸음을 멈추듯 뒤돌아본 순간이 있었다. 일정이 꼬여 어쩔 수 없이 멈춘 시간이었다. 나도 남들처럼, 영화 속 메이슨의 엄마처럼 앞만 보고 달리고 있다는 생각이 들었다. 꼬여버린 일정 속에서 나는, 불안해하거나 조급해했으면 알지 못했을 '쉼'을 누렸다. 그리고 깨달았다. 이렇게 바쁘게 살다가는 정작 삶에서 중요한 것들을 놓치고 살 거란 것을. 오래된 나의 꿈은 바쁘고 유능한 삶이 아니라, 사람끼리 소통하며 마음을 나누며 사는 삶이란 것을. 잠시 멈춰서니 그렇게 내면의 소리가 들렸다.

바쁜 일상 속에 함몰되지 않고 나의 마음을 지키는 것, 그리고 그 마음의 소리를 듣는 것, 그것만이 인생을 잘 살 수 있는 방법일 것이다. 우리는 이미 알고 있다. 일만이 아니라 삶의 모든 순간들이 다 소중한 것이며, 그런 순간들이 모여 인생이 된다는 것을. 그리고 '청년 메이슨'의 말대로 붙잡을 수 있는 시간은 '지금' 뿐이라는 것을.

초판 1쇄 2019년 1월 28일
지은이 _ 김은경
펴낸이 _ 김현태
디자인 _ 디자인 창 (디자이너 장창호)
펴낸곳 _ 따스한 이야기
등록 _ No. 305-2011-000035
전화 _ 070-8699-8765
팩스 _ 02- 6020-8765
이메일 _ jhyuntae512@hanmail.net
따스한 이야기 페이스북
https://www.facebook.com/touchingstorypublisher

따스한 이야기는 출판을 원하는 분들의 좋은 원고를
기다리고 있습니다.

가격 13,000원